古窯曼陀羅

こようまんだら

さとう・よしゑ

佐藤洋詩恵

深夜叢書社

美し国
美しひと
美しゆめ

かみのやま
二代目女将

よ
よ

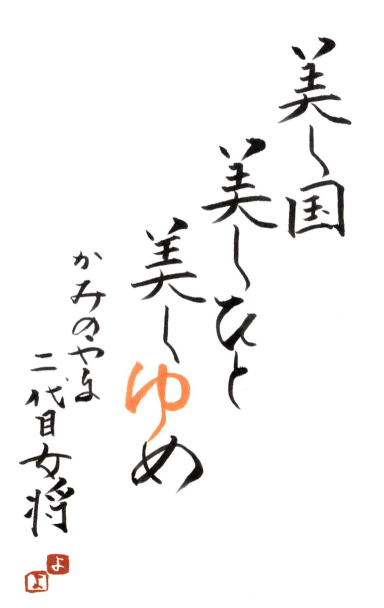

二十一回猛母に捧ぐ

平成九年七月一日に倒れ、九死に一生を得た母。病後の一人暮らしを心配する私の願いを聞き入れ、二〇〇〇年の節目の年に、山形へという私との約束を守って、越してきた。母の部屋を用意して待っていたが、嫁に出した娘の家に入ることはできないと別に住んだ。以来母は二十一回引っ越しをした。四十三年前、私の日本航空入社が半年遅れ、その間広島へ帰省していたところ、母は就職を止めてこのまま広島にいるように、お見合いの話もあるからなどと私の上京を阻止しようとした。その経緯もあって母は、広島に家があるのに、私が山形に嫁いだばかりに、年老いてこんな目にあっている、進学で上京させなければよかったなどと繰り言を言い、親不孝な娘と私をせめた。引っ越しが母の生きるエネルギーになっていると思った私は、母の思う通りにさせてあげた。大腿骨骨折をし車椅子生活になった八十九歳の母は、近くの施設に入居し手厚い世話を受け、穏やかに日々を過ごし、時おり、私に向かって、両手で丸をしたり拍手をしてくれる。「かわら版」の一番の愛読者は母であり、一番辛辣な批評家もまた母であった。

篆　刻＝小林斗盦
カット＝杉崎文子

古窯曼陀羅

こようまんだら

目次

Ⅳ

良縁感謝

カバー写真――江戸時代初期の染織裂
慶安年間（一六四八～一六五二年）製作
オランダ・アムステルダム国立美術館蔵
装丁――髙林昭太

はじめに

「古窯かわら版」事始め

三十二歳の十月三日の朝、突然声が出なくなった。話したいのにしゃべれない。学生時代、厳かに式典が行なわれている最中、急に大声を出したくなる衝動を覚え、必死に声を封じ込めていたことがある。遠い記憶の中に封じ込めていた力が、そのまま喉の奥にはりついて、頭に浮かぶ言葉を、次々に呑み込んでゆく。私は声を失った。

「声が出ないということだけで、検査の結果異常ありません。女将さんが乗っておられた飛行機でも金属疲労を起こす。ましてや生身の人間です。無理しないで休むことです。今、女将さんに必要なのは仕事から離れ、心身共にリラックスすることです。大丈夫、必ず良くなります」との医師の言葉に、嗚咽しながら私は深く頷き病院を後にした。嫁いで八年経っても一向になじめぬ山形の町並みを通り過ぎ、そぼ降る秋雨にけむる湯の町かみのやまの家路へと急いだ。

七歳と六歳の二人の子供は、私が毎日家にいることを喜び、はしゃぎ、私にまとわりついてきた。私は誰とも会いたくなかった。かん高い子供たちの声に、耳をふさぎたい気持ちであった。一生声が出ないのではとのいい知れぬ恐怖と絶望感、日経るごとの不安にさいなまれながらも、私は一人でいたかった。失くした声と共に、この世から消えてしまいたいと思いつめることもあった。母親の異常を察知した子供たちは、私の部屋に入ってこなくなった。

「お母さん、まだ声が出ないので、僕たちも静かにしていよう」「お母さんにお手紙を書きたいけど、文が上手に書けないものね」「お母さん、疲れているから、そっとしてあげようとお父さんが言ったよ」……私を思いやっての兄妹の無邪気な会話を、ドア越しに聞いていているうちに、この愛しい子供たちを残して、この世から消えてなるものかとの思いが湧き上がり、胸いっぱいに広がった。母からの電話にも出れずにいた私の元へ、「好物送ります。母は強し」の添え書きと共に、大好物のいちじく、白銀のかまぼこ、長崎屋のバターケーキ、ふぐのみりん干し、母手作りの蓮根の甘酢漬などが届いた。「母は強し」と心のうちで何度も反芻した。私はみるみるうちに元気になった。

体がふわりと軽くなり、喉にはりついていたものがポンと抜けたような感覚になった時、二人の子供の名前を呼んでいた。声が出た。声が戻ったのだ。大いなるものに生かされてあることを体感した私は、もう迷わずに、私に与えられた宿の女将の業を、私らしく全うしてゆこうと思った。あかあかとたまきはる命をかけて時を味方につけて、女将の一本道を喜々として歩んでゆこうと思った。私には私を愛し必要としてくれている家族がいる。全ての社員の生活がかかっている。山口の祖母の「いただいた一つ命使って、人のために生きることだ」という声が聞こえた。

昭和六十年六月一日。「古窯かわら版」第一号を発行した。六月一日は湯殿山の山開きの日。そして母がわが命をこの世に生み出してくれた日。日本遺産の出羽三山の月山は過去の山、羽黒山は現在の山、湯殿山は未来の山。過去、現在、未来への時空の旅。あらまほしき思い、人生の明瞭なビジョンを描くことで、過去の時は、変え得る未来への礎となる。今ひときわのこの時を、切に生きることこそが、過ぎし日の時が、全て意味あることのように思えるのだ。一度の人生、後悔することなく生きてゆきたい。その証しとして、また反省のよすがとして、記憶にではなく、記録になるものを形にしたいと思った。話せなくても書くことができる。声が出ない苦しい経験が、「かわら版」を生み出した。私にとっては石の上にも三年ではなく、三十年。継続は力。自力をつけるためにも、命を吹き込む居場所を社員と共にさらに高めるためにも。霊峰蔵王のふもと、歌聖斎藤茂吉のふるさと湯の町かみのやまからの情報発信を三十年間は続けようと、神秘の湯こんこんと湧き出ずる語られぬ湯殿の奥の院に、私は誓った。

三十三年の月日が流れた。

古窯曼陀羅

こようまんだら

佐藤洋詩恵

Ⅰ 山形の四季

古窯かわら版「女将からのごあいさつ」抄

昭和六十年六月

みどりの蔵王が、当館よりくっきりと見えております。初夏の陽ざしの中で、まだ青いさくらんぼの実が、やがて赤く熟して、旅人をなぐさめることでしょう。

真赤に色づいたさくらんぼが、きらりと夏陽に光る時、山形ならではの旅情が、お楽しみいただけると自負しております。

四季の移りかわりのなかで、感性豊かに、しなやかに、そしてのびやかに、女将修業を続けて参りたいものでございます。ご縁がありました皆様に、山形の四季の便りをお出しすることになりました二代目女将でございます。何卒、よろしくお願い申し上げます。

昭和六十三年二月

わが家の二匹の黒猫は白銀の中ではペンギンのよう。ひげを凍らせ、雪に足をとられながら、歩く様子に思わず笑いがこみあげる。

旅館と家をつなぐ女将坂は今は雪の坂。すべらぬように息を止めて歩いていると、「よおっ！　山形の女《ひと》」。声をかけたのは主人。その声に驚いてペンギン猫は一目散に私を追い越してゆく。雪は天からのメッセージ。

ひとひらの雪に一つの想い。一つの想い極めれば、一つの花が咲く。

ひと見るも見ざるもよし我咲くなり

雪の中から起き上ったのは私。山形で迎える十二年目の二月。

昭和六十三年十二月

名残りの紅葉を惜しむかのようにそぼ降る時雨《しぐれ》が風雪となりやがて降り積む。お客様から「スチュワーデスだったんだべ」と言われる度に、身構えておりました私も、いつしかにっこりほほえんで「その昔、日光東照宮で巫女をしておりましたら神に召されて、今は当館の女将をしております。……」などとユーモアを混えてお応えできるようになりました。年女で嫁ぎ、今また年女最後の師走の月を迎え、皆様の御心の中で生かされてきた十二年の月日を想い起こしありがたく感謝しております。

変はりつつ変はらぬ芯あり年女

平成元年十二月

奇しくも昭和最後の一月七日、シンガポールへ旅立った。私たち家族は、日本航空七一一便の機内で昭和から平成に元号がかわったことを知った。

機長の告げた平成という言葉に満席の旅客から嘆息とも喚声ともつかぬどよめきが、機内を揺らした。旧正月を祝うイルミネーションで不夜城の如くの異郷の地のメイン通りを、全て灯りをおとした東京に思いをはせながら、親子四人で肩を並べて歩いたことがつい昨日のことのように思い出される。

師走風ゆきかふ人みなエトランゼ

平成二年五月

周防《すおう》の猿まわしの猿の次郎が、二代目を襲名するという。周防は私の生まれ故郷山口の田布施《たぶせ》周辺。自ら二代目を名のっている私は、次郎に親近感を覚え、襲名披露の様子を伝えるテレビを見ていると、そばにいた主人が、「きかなそうな猿だな。芸を仕込むのが大変だろうな」と、ちらりと私の顔を見て言う。「そうね」と相槌をうちながら、妙に感情のこもった主人の口ぶりに、はっとし、笑いがこみあげ、ついに吹き出し声をたてて笑った私。

木下利玄の牡丹花の一首に魅せられての一句

牡丹花《ぼたんか》のいのちひきつぐ我もまた

平成二年六月

さくらんぼは初夏の陽ざしの中で、赤い実りにひたすら向かっております。

桜桃はお暗《ぐら》き棚で炎吐く　　昭和六十二年六月

拙句中の桜桃は、見知らぬ土地に嫁ぎ、炎吐く想いで、光を求めて、精一杯日々すごしていた私。

風を受けながら、大いなる太陽の恵みを信じ、多くの皆様のおやさしい心を賜わり、いつの間にか、ゆるゆると心和み、たわわなる桜桃の結実を念じて生かされている、今あることの嬉しく感謝御礼申し上げます。

一志あり最上の流れ梅雨晴るる

平成二年七月

姉妹のようにして育った従妹が天折した年の七夕、ひとりっ子の淋しさから、「しずちゃんが帰ってきますように」と、無邪気にかいた短冊が、叔母を悲しませた。

三十年の月日を経て、叔母の心に近づきながら、私のもった小さな悔いは、生かされてある感謝の想いへとかわってゆく。

天の川越えし想ひの今を生く

平成三年六月

更衣の日は私の誕生日。学生時代、おっちょこちょいで忘れんぼの私であったが、どんな天候の時でもこの日の夏服への更衣は忘れなかった。

不惑を前にしてのかけがえのないこの一年、しなやかにのびやかに皆様とのご縁に生かされてみたきもの。
襟《えり》かへてこころの底にある白さ

平成四年六月

四十回目の水無月の風。「若くもなく、年でもなく、丁度塩梅良い年……」、九十三歳の山口の祖母からの励ましの電話。明治の女のやさしい力強さが、伝わり、ゆるゆると心が和む。「きんさん、ぎんさん目指して元気でね」との私の言葉に、「せめて、どうさん位はね……」との返事。

面白くユーモアある女将とよく言われるが、ルーツは、この祖母だと、大いに納得して祖母の長寿を希い、受話器をおしいだきつつ、息をのむようにして、静かに、私は受話器を置く。

朱夏の戸を風惑はずに開《あ》けてゆく　平成四年六月一日

平成四年十月

夕暮れどき、中三の長男が自転車に乗り、息をきらしながら坂道を上ってくる。私の視線に気付くと、急にスピードをあげ、体いっぱいそりかえるようにして、ペダルを踏み、黙々と坂を上ってゆく。

同じ道を、一つ違いの娘が自転車を押しながら上ってくる。私の姿をみつけると駆け寄り甘える仕種。ポイと手渡された娘の重いかばんを持ち、二人を追いながら子供たちの後姿に、今日もまた励まされている。

女将坂秋風孕《はら》ませ子らがゆく

平成五年六月

六月一日は、湯殿山本宮のお山開き。千四百年の昔の推古天皇の御代の出来事が、脈々として現在に伝わり、祭事として、多くの人の心をひきつける。

形あるものでなく、形なきものの中に、真に、私たち現代人が人間として、受け継ぎ育んでゆくべき大切なものが、出羽三山のお山の中にあるような気がする。大いなるものの命ずるまま、自然の法の風に吹かれてみたいと強く、切に思う。

夏の雨黄金律の峰に降る

平成六年八月

真夏日が続き、木々で鳴くせみも木から落ちる程の山形の暑さ、恵みの雨を渇望しながら、心弾む女将としての日々。

十七歳の息子の見上げるような背丈、十六歳の娘の陽に灼けたはつらつとした腕がまぶしく思われる時、宇宙に行ったつもりでベストを尽そうと思い定める。夢もつ情熱と勇気のすばらしさを、全女性に伝えて下さった向井千秋様と同年であることをひそかに喜び、子供たちの存在を、重く、ずしりと感じているホットな母親としての日々。

　真夏日や宙にむかひて見得を切る

平成七年八月

今夏、初めて台湾に旅し、街の佇まいに、そこかしこに日本を発見。両国の歴史に思いを馳せながら異郷を旅する高揚せし気持ちに勝る程、美し国に、今、生かされてあることに感謝。旅する人を迎えつつ、自身、旅する想いの日々を、ひらりと超える時、過去形で語る思いが空になる。

わが心の間に間に、今、生まれしばかりの感情が充溢し、炎天の陽のもとで、えいとばかり、私は自分の影を切ってみたくなる。

　遠花火幻影すべて天に落つ

平成八年三月

春告げ花の侘助が、咲き始め、天から雪の流れてくるようと歌われた白き梅が咲き、平安の女人歌人お気に入りの紅梅が咲く。弥生の月は、たおやかに桃の花をかざして巡る季節の時を心から楽しみたいと思う。
「春にさきがけて、一足先に館内でお花見をさせていただきました」との結び文が届いて、

名残り雪惜しみつつも館内は、一気に春麗《うら》ら……。

帯芯をやはらかくして春 衣《ごろも》

平成八年五月

美恵と書いて義姉は「みえ」、私は「よしゑ」。共に、曾祖母の名前を受け継ぐという奇縁。

門柱の銅板の表札の義姉の名前の横に点々（〃〃）と書き加えた主人を怒って、義母が釘で力強く「よしゑ」と書いて下さった二十年前の感激。命名に込められた両親の熱き想いを、すぐなまま受けとめて、生き生かされたきものと真新しい名札をつけたわが新入社員に、心の底から呼びかける。

母子草いのちの水の絆受く

平成八年九月

ひまわりの花向く方に顔向け日経るうち、蔵王のふもとは、風立ちぬのわが思いを励ますように涼やかさが満ちて参りました。

不忘の峰々に問えば思い静かに深く沈めよと、秋気りんとして、冴え渡る。

連山を遍照せし月の光はさんざめく湯の町をひらひらと照らし出す。

念ずれば月光降りぬ足裏《あうら》まで

平成九年十一月

東京で学生生活を送っている娘から、お米と味噌とウーロン茶を送ってほしいとの電話。山形のお米が一番という娘に、お茶は自分で買えばいいのにと思いながらも、喜々として荷造りをする。

すぐに娘から「お願いしたもの以外、一切送らないで。邪魔になるから」との電話。心の中に残っている遠き日の数々のわが母への悔いの思いを、容赦なく娘は、私に思い出させてくれる。

母在りて恩の一文字深き秋

平成九年十二月

幾度も出逢い、幾度も別れ、太古から連なる旅の途上のその時々の生を選び、脈々と受け継いできたかのように北国の冬の時は、ゆるやかに流れ始める。

風強き夜空の冬銀河に春の息吹きの輝きを包み込んだまま、北国の山河はまた静かに眠り始める。

冬日向《ひなた》子猫一刻虎めきて

平成十年三月

やがて咲く両岸の桜を思い描き、元気をとり戻した母と生まれ故郷山口の錦帯橋の真中に立った時、不意にこみあげてきた何とも言えぬ満ち足りた思い、肩の力がすっと抜けてゆくような軽やかさ、ふるさとの地に抱かれるとは、まさにこのことなのかと、川面を渡る浅き春風に吹かれながら、私は思った。

五橋のうえで

幻の花か桜か里の母

平成十年十月

もみじの紅《くれない》増す程に天空の月の光は、心の底深く沁み渡る。

白き雲の在りかを照らしだすまどかなる月は、真なる如くの月とみとれていると受話器のむこうから「月がとてもきれいよ」と郷里の母の声。母も同じ月を見ていたのだと……。

瀬戸内の波面《はおも》に浮かぶ母と月

平成十二年五月

美しきものにふれた時、人はやさしくなる。田布施の石の口の八幡様の石段を一羽の蝶を追い駆けのぼってゆく夢を見た朝の山形新聞の一面に「大石田のヒメギフチョウが羽化」のカラー写真。夢の中の蝶と同じ色彩。去年の六月にした約束を守って近くに実母が越してきて以来、私はふるさと山口、広島の夢をよく見る。心の原郷は深く美しくそしてやさしい。

母の日や赤きも白きもありがたし

平成十二年八月

成り成りて二千年の過ぎゆく夏の日々、共に惜しみながらも今ひときわの心のうちに伝わってくる明日への思い。昇る陽、沈む陽あらばこそ、夏の月和らぎて月影さらに涼しく悠久の時の営みは夢みし人を照らし出す。

円虹《まるにじ》や二千年のとき鎮《しず》めをり

平成十二年十月

万里の長城に男坂、女坂あり。北斎の絵に男浪、女浪あり。おわらの風の盆に男踊り、女踊りあり。富士山を仰ぎみ旅した信州路でみつけた「みすず飴」。思わず、「みんな、ちがって、みんないい」と二千年の秋風の中でつぶやいてみる。

千曲川の近くで、
前髪をおろして若き女《ひと》の秋

平成十四年八月

旅の手帳に「美し国、美しひと、美しゆめ」と私は好んで書く。美し国あらばこそ、人は生かされて生きてゆく。

灼熱の陽が降り注いだ終戦の日、十六歳の女学生であった母は底知れぬ不安と口惜しさのなかでただひたすら祖国・日本の在ることを思ったという。二人の孫たちに戦争の悲惨さと世界平和の大切さを折々に母は語りきかせ伝えてくれている。

流星や女の碑の文字不動たり

平成十四年十二月

北の湯宿に人集う。雪降るもよし、降らぬもよし、お酒をくみ交わす。

語らい弾めばさらによし。極月の風に連なる柿のれんが揺れ、縄から外れ落ちた干し柿は、夕陽に照らされてかごの中にある。柿もぐ手、柿の皮むく手、柿つるす手、柿置く手。美しき手の動きが、すっと心に見えてくる年の暮。

片折戸開けて北へと冬の蝶

平成十五年二月

治りそうで治りにくい春の風邪。春運ぶ陽のやわらかさに誘われて雪の最上川の岸辺に佇めば、「風邪ひかないでけらっしゃい」と優しきひとの声。川の両岸に万朶の桜が咲く日を夢見ながら、わが故郷の五橋の桜花を想う。

土地言葉豊かに雪の降る大河

平成十五年四月

命生かされて生き、時を得て花は咲き、かみのやまの湯けむりの彼方に不動の蔵王。須恵器の古き窯跡に佇み振り返れば、千二百年前のユーカリの葉を食む馬の姿さながら時空を超え神器を焼く手が見えてくる。悠久の時の流れの中、世界の平和を祈り願い、心を尽して天与の場で切に生きてゆきたきものと春天に向かい手をあわす。

竹の秋達磨みてゐる女将坂

平成十五年五月

花どき、桜どき、俳人黒田杏子《ももこ》さんの『四国遍路吟行』『布の歳時記』が届いた。「季語の現場に立つ」という山口青邨先生の教えを実行なされ燦然と句界に光を放ち、句作の楽しさを多くの人々へ伝えておられる杏子さん。人生は思い出作り。出逢いの旅。宿の場に立ち句作に励めよとのメッセージと、感激さめやらぬまま、今年も四国に旅立つお遍路姿の母を見送る。

野に山に鈴の音清《すが》し夏に入る

平成十五年六月

六月一日は、湯殿山のお山開きの日。そして、更衣の日。蟹が甲羅をぬぎ、脱皮をしてゆくさまを思い浮かべ、昨日と違う今日の私と自身に言いきかせて、夏衣に袖を通す。降り始めた雨、しばし袖で受け、そっと蛇の目傘を開く。未央《びょう》柳に降る雨、金の糸の雨、神々しき峰々に降る六月の雨。

宿の場の一日《ひとひ》の重さや夏暖簾《のれん》

平成十六年二月

雪が降る。赤々と燃えるかがり火に如月の雪が降る。「炎に降る雪　あつかろな」と生まれ故郷の詩人のふりしてつぶやいてみる。春を迎える風情の黄色い梅が咲き、夜来の雪の白さを寿ぐごと香り満ちてゆく。

春の気を秘めた風が吹きわたる度、美し国の春の戸開く夢を見る。

ほろほろと母恋ひ想ふ春の蕗《ふき》

平成十六年五月

春立つ日より、過ぐること八十八夜にして、夏物語の始まる美し国、日本、山形そして、かみのやま。

四季ある故郷に生かされてある幸福を今日一日の想いに託し、一期一会のご縁に生きる。

宙を舞う鯉、水下で泳ぐ鯉。相呼応して、一瞬五月の風が凪ぐ。

五月風宙《そら》に銀鱗の忘れもの

平成十六年十月

俳句を始めた学生時代、「花野」は百花繚乱、ここぞと咲き誇る美しき花々の野の、春の季語と、私は思っていた。秋の季語と知り、心になじまぬ思いを久しく抱き続けていた。

「年を重ねて見える風景もあるのよ」と言った母の言葉を思いだし、野分の風ひときわの候「花野」こそ、秋の季としみじみ思う。

花野ゆく見返れば母透きとほる

平成十六年十二月

かみのやまの月冴えて、去りゆく時を照らすかのように、月光万物に降り注ぐ。時惜しみつつ、湯の町は冬支度を始めている。蔵王おろしに育まれる干し柿の暖簾に冬茜。束の間の華やぎの時を刻んで眠りにむかう郷土の山々。雪は白くゆく年、くる年、平安でありますよう天空に祈る。

冬北斗名も無きものの手にひかり

平成十七年三月

北天にまたたく七つ星、弓なりに星をつなげば、美しき春の星の道。おぼろ月、夜の闇のとばりに浮かび上る大熊、小熊の母子星。手に麦をもつ女神の恩寵を得て、土やわらかに芽吹き始める山野の草木たち。母は母の時を過ぎ、子は子の時を過ぐ。

牡丹の芽星定まりぬ旅の宿

平成十七年八月

魂を鎮める如く遠く近くに蟬しぐれ。今年もふるさと回帰のように法師蟬が鳴く。六十年前の夏、十六歳の母は漆黒の闇に群舞する蛍にみとれていた。

ひときわの命の輝き、手をのばせば届くかのような月に照らされて、大いなるものの命ずるまま、無心に祈り続けたのよと少女のような眼差しで母は私に語りかける。

ふり向けば母あり娘《こ》あり盆の月

平成十八年五月

若葉の風が、かみのやまの湯面に吹きそよぎ、朝な夕なに魂を育む如くの蔵王の峰々は、濃きみどりのヴェールに包まれてゆく。ふもとの黄金の波立つ麦畑の片隅で、子育てをする雲雀をみつけ、麦刈り残して家路に急ぐ人の目に青葉がしみる。九夏の陽光を受け果樹は実りの時に向かい始め、今年の夏の扉が開かれてゆく。

三十年《みととせ》のとき越えて鳴く夏ひばり

平成十八年八月

たまきはる命あかあかとふり返れば、ひと筋の紅の花の道。歌聖斎藤茂吉のふるさと湯の町かみのやまで迎える三十年目の夏。あこがれの県花紅花はわが心の中で、非時《ときじく》の花の如く静かに咲き定まり、過ぎ越し時は夜空を彩る花火の輝きに似て追憶の果てによみがえる。

漆黒の闇の彼方に遠花火

平成十八年十一月

残るもみじを、あかあかとぬらして降る初しぐれ。地に幾重にも連なる散るもみじ。白い五弁の茶の花が美しく咲く時、口伝えで祖母が教えてくれた言葉、「ここも旅、また行く先も旅なれや、いづくの土に我なるらん、お茶の功徳で足休め……」と心の中でなぞり、三十一年目の湯の町かみのやまの冬に入る。

冬安吾《ふゆあんご》千のこころの合掌《おろが》む手

平成十九年九月

大気しみ入るように澄み、清風秋野を通り抜けてゆく。蔵王の峰にかかる虹は淡く、残れる断片を探す間もなく消えてゆく。秋の宵の闇は長く、月待つ思いは増してゆく。仰ぎ見るはるか天空より、「良夜よし、無月よし」と師の声がわが心に届く。

師の引きし朱の線読めり秋半ば

平成二十年五月

晴れた美しき五月の日には、城下町かみのやまの屋敷通りを里の母とそぞろ歩いてみたい。ふるさとは生まれた所でなく、終のすみかとなった所。さざ波のように吹く若葉の風の中、「学生時代、あなたとともに歩いた小径に花橘《たちばな》が咲き、瀬戸内は吉なる香が満ちてます」と友からの便りが届く。

　聖母月ものみな透けし風の径

平成二十年十月

「遠い地平線が消えて、ふかぶかとした夜の闇に心を休める時……」とばかり、ＪＡＬのニューヨーク便の座席に、身を沈める。

ゆく夏を惜しみつつ、旅の始まり、未来への乾杯は、日本酒でとお願いする。乗機したニューヨーク便の飲み物リストの日本酒は、山口の澄川酒造「東洋美人」と山形の米鶴酒造「かっぱ」であった。笑顔と共に運ばれてきた山口と山形の美酒を、喜々として手にとり、倍の笑顔で謝意を伝える。

過ぎ越し日々の、宿の場でのささやかな営みの全てが、この一瞬、きらめく星の如くと思えた時、静かに感謝の杯を傾ける。

　故郷《ふるさと》や機上の旅のぬくめ酒

平成二十一年五月

真っ向、風に吹かれてゆく人を美しいと思う。暗夜の中で聞こえ、心の底に響く優しき声に、人は幾度励まされてきたことかと、緑滴る山になりし不動の蔵王を仰ぎ見る。凍土より天つく土筆《つくし》の命が四方春を招き、夏の扉が新しき光にむかって開いてゆく。五月の朝は、夏北斗輝かせ、静かにあけてゆく。

さざなみの絹の風吹く師の五月　山口青邨先生へのオマージュの句

平成二十一年八月

八月は祈りの月。焼けた町広島で育った私の心の真中に、沈む陽に屹立する緋の原爆ドームの姿が常に在る。ま青な空に向かう人それぞれの祈りは、止まりし時間の彼方から、大海に注ぐ真水の如くしみ渡り世に満ちてゆく。

おごそかに打つ水や地にしみとほる

平成二十一年九月

大気澄み、野の花咲き競う。多くの万葉人を魅了した萩の花に置く露を満ちゆく月が照らしている。

さやけき風にこぼれ散る白萩。千年を経ても抒情はあせず、野分の風は、秋《とき》をふたわけざまに、かけ抜けてゆく。忘れじの峰を染める夕映えは晴れたる美しき朝の予兆。

イザベラの立ちし小丘に紫苑咲く

＊イザベラ・バード＝明治十一年に東北（山形）を旅した英国の女性旅行家。『日本奥地紀行』

平成二十一年十月

蔵王の峰澄み、雨後の菊花冴えて、咲き定まる湯の町かみのやま。いたずら稲雀が、「ありのみなしや」と問えば、「我ここにあり」と金の風の中に立つ案山子《かかし》は、田園の哲学者。

山田の中の一本足の案山子は、夜になると歩きだすのだと教えてくれた里の祖母。天から降りてくる祖母の語りなつかしく次代に伝えてゆきたく思う秋の長夜。

秋思ありとどめおきたきことのあり

平成二十一年十二月

蔵王おろしに紅つるし柿。かみのやまの里山に雪の便り。冬枯の野の命脈々として一木一草に秘めたる冬芽あり。

魚は水に飽かず、鳥は林を願い続け生あるもの全ていとおしく思える極月。亡き恩師の楽焼の前に佇めば、山形に数多く残っている「草木塔」のことは、師からお教えいただいたのだと昨日のことのように思い出す。

冬に入る生々流転ここに在り

平成二十二年四月

霊峰蔵王の山の端より昇る太陽、日本海にゆくりと沈み暮れゆく日。桜巡りの旅人は北へ北へと魅せられてゆく。花時に降る雨もよし、風うらむことなく散りゆく桜さらによしと目を細めて母は言う。母の聞きしラジオから流れくるユーモレスクの曲。ときは春四月。お城のある町かみのやま。

ふわふわと老いたる母や柳絮飛ぶ

平成二十二年八月

夏空に湧き立つ白雲大きく動き、戦後六十五年目の祈りの時を迎えている。観光産業は平和産業との思いは、年経るごと深くなる。沈む陽に屹立する緋の原爆ドームが、母と共に流した紙灯籠の揺らぎが、わが心の真中に在り続ける。

炎天の燎原の火の如く燃ゆ

平成二十三年四月

蔵王の樹氷が大きく育った年は桜花ひときわ美しく咲くと言う。常ならぬこの世にあって、命吹き込む場が与えられてあることのありがたさが極まる今年の四月。仰ぎ見るかみのやまの空に、円盤と見紛う大小二つの白い雲。天からの励ましの兆しのような気がして思わず頭を垂れ、手をあわす。

花万朶《ばんだ》闇より深き果ての海

平成二十三年八月

湯の町かみのやまの夜空を明るく照らす夏の星座群。星に祈り、願いを託した短冊を、こよりで結ぶ。

天与の湯をありがたく使わせていただいている宿の日々、おもてなしの中にみちのく山形の季をとり入れ、優しく伝えたいと思う。眠るのが惜しくなるような星月夜、ふるさとにいる母に手紙を書きたくなる。

老いてなほ母ひとり立つ八月尽

平成二十三年十月

夕暮れて月待つ心嬉しく仰ぎ見る月は、心満ちたる月でありたきものと湯宿で時を重ねている。秋野を彩る草花みな高く見ゆる日は、目覚めの朝、心の丈が少しでも伸びるよう念じつつ、良き月を抱いて眠る。

月読みのひかりを浴びて眠りたり

平成二十三年十二月

あの日、あの時、何をしていたかと全ての日本人が、それぞれ語り継ぎ、行動し生ある限り忘れ得ぬ三月十一日。

命吹き込む場が在り続けることのありがたさ。日々の暮らしの全てに宿る命の営みの不思議。東北の復興の道は遠く険しくとも、産土を追われた人々に、寄り添い生きてゆきたき想い極まる師走。

冬茜明日といふ字に朱をいれる

平成二十四年四月

さまざまなること思い出させる桜。瑞穂の国の各地に名木があり、その地の親しみの桜となっている。花に託した人生の思いが、折ふしの詩歌となり、私たちの胸を打つ。国の花ならばこそ、失われし者のために、産土を追われし者のために、今年の桜は咲く。与えられた場で、桜は命の花を咲かせ続ける。

糸桜半ば咲きては嬉しかり

平成二十四年五月

遅咲きの桜を待つうち、早夏兆す風吹き始めたかみのやま。

南北に長い日本列島の花暦とぎれることなく、みどりの野山に五月の気があふれくる。手染めの鯉のぼりが、居場所を得て、今年も並んで空に在る。

在るやうに在る暮らしの中に初夏

平成二十四年九月

良夜には、千の山に千の月が上がり、千の川に千の月がのる。与えられた命の居場所で見上げる月一つへの思念は、寂として、三千世界へ広がりゆく。遠く近くに聞こえくる素秋の声に、しばし耳を傾けていたい。

月の雨ひとつこころの置き所

平成二十四年十二月

木々を鳴らす北風に吹かれて過ぎ越し時を思い返せば、言い尽せぬ思いがあふれくる師走。女将と呼ばれて三十六年の月日を経て、天与と思える宿の場でのさまざまなるご縁のありがたさ。

凍て空にほの輝く眠りに入る如くの星々を仰ぎ、あたためてきた星一つの思いをそっとひき寄せる長き冬の夜。

時を越え雪後の天に音消ゆる

平成二十五年四月

生きとし生けるものの限りある時。ときは四月、ものみな目覚め極まるはる。春泥を踏みしめる足もとを照らすのどけき光。光満つ窓辺にもたれて、こくりと眠る里の母の春の一日。

日うらうら母児のごとく眠りをり

平成二十五年十月

花の都のいなせな寿司職人にお米の銘柄を聞けば「こしです」と。思わず「三越ですか？」と言ってみたくなる気持ちをぐっと怺える。旅人にお米の美味しさをほめられ銘柄を聞かれたら即座に、「姫です」と。いつの日か答えてみたいものと思いつつ「つや姫」新米入荷の季を迎えている。

稲刈れば祖母の背親し熱もてり

平成二十六年六月

茂りの天つ風受け、みどり葉の間に間に宝石の如くの桜桃が顔を見せ始める。三代揃って西洋実桜に手を伸ばす時、日の本の山形の夏到来の幸せを思う。佐藤錦よし、紅秀峰よし、赤き実り全てよしと、山形全土幸福の国となる。

さくらんぼ食せばせつな幸の国

平成二十六年九月

初空の藍と茜と満たしあふ　山口青邨御句

いつの頃からか、藍は男性、茜は女性と青邨師の初空の句は、男女参画社会到来を鼓舞する心の声となって、わが身に深く刻まれていた。

万物を洗うかのように、秋の気澄み、思いあらたに、さあと前へと歩を進めゆく。

ダルクのごと変はらぬ女の秋の天

平成二十六年十二月

あたらしき日めくりカレンダーを手にし、師走の一日の重みをかみしめる。

巡りあいから学ばせていただき多くの気づきを得たことのありがたさ。

気づきはつきの気と思い定め、天与の宿の場で喜々として、実践を積み重ねている。心に抱く星一つの思いは深まり、きたる年の希望が見えてくる。

らくやきの画廊のあかり年深し

平成二十七年二月

万物生々として、二十四節ある忤《さから》うことなき美し国に共に生かされてある命。「福はうち、鬼は外」と、祈りを込めて豆をまく。『泣いた赤鬼』の作者の故郷は高畠。土地にまつわる物語は、旅にしあらば、心に響き、心和む。人と人の情の織りなす命の居場所に吹きそよぐ浅き春の風。

赤鬼の涙果てなむ寒き春

平成二十七年八月

クワディーサーの木々を熱く揺らして沖縄の風が吹き抜ける。「みるく世がやゆら（平和でしょうか）」と世に問う青年の声。

美し国の五穀豊穣を祈り続け、身を貫く程の平和への思いを持ちし人々の声。戦争を知らない私の心に響き、蟬しぐれこだまする戦後七十年の声なき人々の声。

空の果て地の果てまでも夏の声

平成二十七年十一月

どこまでも澄み渡る雲一つなき秋の天の下、大輪の菊花、全宇宙の営みを知り、祈るかのように咲いている。菊香しみ通るかみのやまの湯宿は神帰月の風受けて、冬支度を始め、やがて、天から降りくる白き客人を待つ。

寿ぎの宴の主や菊の酒

平成二十八年四月

北へ北へと桜の開花。しきしまの大和心を抱きて魂を育む如く、聳ゆる蔵王の連なる峰々に向えば遠く近くに花嵐。

四方山にこだまする「東北観光復興元年」の声。耐え越し五年のみちのくのひときわの美しき花迎え。

ルネッサンス大和の国の花あかり

平成二十八年五月

平穏な暮らしのありがたさがひとしお身にしむ聖五月。日本列島、東は東、西は西。天気は常に西から東へ、祈りは今、東から西へ。夏兆す天を仰ぎ地に在りて、寄り添う命。

変はりなき暮らしの中の藍ゆかた

平成二十八年六月

出羽三山の湯殿の御山開きの日は、わが母受難の感謝の日。終のすみかとなりし山形が縁ある約束の地であったと、心から思える日。

南方より吹くひときわの風に吹かれながら、はるか瀬戸内の波の高さを思う湯の町で迎える四十年目の夏。

ヒロシマの相生橋を越えし夏

平成二十八年八月

「守るに足る幸せな暮らしがあれば　戦争は二度と起こらない」との花森安治様のメッセージが胸に響き、世に満ちてくる。

鎮魂の夏が巡りくる度、心尽して日々を丁寧に暮らしてゆくことが、人間の幸福、世界平和への一筋の道と思う。良縁感謝。

鈴の風遍路姿の母が在る

平成二十八年九月

代々かけて守られしこの美し国を照らす億光年の光に包まれた秋の夜の月下の静寂。束の間の如くの四十年の越し方を振り返りつつ、天空の月を仰げば縁ある人々との思い出が両手にあふるる程降りくる、湯の町かみのやまのながめ月。

湯の町や光の景となりし秋

平成二十八年十一月

錦おりなす山々の紅葉を散らす木枯らしが吹き始め、冬の足音が聞こえくる北国。四十年前の十一月、初めて口にした食用菊。湯の町の暮らしに花食文化があり、菊の名は「もってのほか」。朝な夕な蔵王眺望、歌聖斎藤茂吉の故郷かみのやま。

追憶の籠にあふるるもつて菊

平成二十八年十二月

新しき年迎えの支度に、女将も走る師走。近くに住む母にかけるねぎらいの言葉は、娘のことを案じ、いつも倍になって返ってくる。

親想う心に勝る親心が胸にしみる。

両手を握りしめ別れたあと、ゆく年の黄昏時は、また母に逢いたくなる。

柿花火悲恩の母のいのちなり

平成二十九年六月

一日は「語るなかれ」「聞くなかれ」との言い伝えがある湯殿の御山開きの日。

二十五年前、惑わずに風が開けていった朱夏の戸。過去、現在、未来へと吹きそよぐ風の間に間に「いただいた命使って人と共に喜々として生きよ」となつかしき祖母の声が聞こえくる、湯の町かみのやまの佳き一日。

捨て聖歩き歩きて夏の峰

平成二十九年八月

手流しの灯籠が岸を離れ、ふるさとの川を埋め尽くす。

群れなす灯籠はゆくりと流れ、やがて燎原の火となり川面を火柱が染めてゆく。広島の原爆の残り火が平和の灯の種火となり、うつせみの世の一隅で今も燃え続けていることに深く想いを至す夏。

幻のとうろう流る神の御手

平成二十九年九月

夜空にまあるい大きな月がぽっかりと浮かんでいた。子供の頃、月にはうさぎが住んでいると信じていた。田布施にあった歌舞伎座で「貫一お宮」の芝居を見た帰り道、月にうさぎはいないのではと尋ねた私の手を祖母は強く握りしめほほえんだ。

湯の町の花火大会のあと、月に導かれ孫の手をひき家路に向かっていた時、祖母の手のあたたかさがふと思い出された。

月あかり影絵の如くみゆる祖母

平成二十九年十二月

粧いの四方の山々眠り始める季。車椅子の母は虚空を見上げ「広島へ帰りたい」と言い、「やっぱり娘のそばがええ」と言う。越し時をふり返り親子の情愛の絆をそっとたぐり寄せてみる。

親思う心、子思う心、親子双方の情があふれ極まる師走親子月。

年暮るるあの世この世も父母の恩

Ⅱ

湯の町「かみのやま」より

母二人

　母は父と二度結婚していた。大学入試の時に、とり寄せた戸籍謄本を見て、その事実を知った私は、以来父のことは、母の前では口にしなくなった。若かりし頃、母にはお互いに淡い恋心を抱く人もいたようだが、家長としての長男の力は絶大で、叔父のすすめで結婚した。私が六歳の時、今でいうシングルマザーになることを決意した母は、玉の輿婚といわれた婚家より、私の手を引き、田布施の実家へ帰った。

　四年間、祖父母の元へ、私を預け、戦後の復興著しい広島で職を求めた母は、これからは鉄と重工業の時代と思い、貯蓄ではなく、株に投資した。先見性があった母は、あれよという間に経済基盤を作り、広島の中心街に小さくとも三階建てのビルを建て、一、二階は音楽教室などに貸与し、親娘二人の生活が始まった。

　両手真一文字にくっきりと横切る私の手相をみてもらった母は、「将来女親分になる」

と言われ、暴力団組織の多い広島にあって心配し、私を是非とも規律正しい女学校に入学させたいと思った。母の願い通り、女子校に進んだ私は、片親育ちというひけめも淋しさも感じることなく、良き師、良き友に恵まれ、何不自由ない豊かな少女時代を送った。

物心がついてより、私は一度として、母の不機嫌な顔を見たことがない。いつも明るく生き生きと働く後ろ姿を見て、一生懸命前向きに生きてゆく姿勢を教えられたように思う。私は、この血が、脈々とわが身に流れていることを誇りに思う。

*

女性として生まれ、もう一人の母を持つ宿命ならば、唯一この人の娘でよかったと思えたのが主人の母であった。

義母は、山形の地に馴染めないでいる私を常に励ましてくれた。

山形新幹線の開通告知のポスターでの私の着物姿が他の女将さんたちに比して、派手で目立ちすぎるとの声に、「紅花の山形路」に呼応して紅花染めの着物と帯を身につけていた私は落胆した。生意気、いい格好しい、目立ちたがり屋などと、良い意味には使われない「あがすけ」という山形弁がある。面と向かって「あがすけ」と言われた私は、気にして地味な着物ばかりを着ていた。そんな時、義母は、「あなたはパッとした色が似合うのよ。人の目を気にせず、好きな装いをすればいいのよ」と言い、私の大好きな色の反物をプレゼントしてくれた。義母の言葉に胸のつかえがとれ心が解放された。

卓越した経営手腕を持ち、気配りが着物を着ていると評された義母は、女将の良きお手本、師と思う。心から尊敬できる二人の母を持ち得た巡りあわせに、感謝している。

（平成三十年四月）

紅花慕情

春浅き日、平松緑先生から、「紅花に関する論文、いえ、何でもいいのよ。お書き下さらない？」とのお電話をいただいた。「論文」と聞いて、とっさに身構えた私の気配を瞬時に察し、すぐに「何でもいいのよ」とおっしゃる優しさに力不足も考えず、懐かしく私のことをお心にとめていただいていたことのさらに嬉しく、お引き受けした。嫁して二十六年、日々、宿の場で忙しくしているわが身を振り返れば、久しく原稿用紙に向かうこともなく、学生時代に戻ったような気持ちで、「紅花」に思いを巡らせてみる。

「紅花」を初めて見たのはいつだったのだろうか？

「山形弁を話せない女将なんて興ざめだ。山形らしいおもてなしを期待して伺ったのに、裏切られた気持ちです。素朴な従業員の皆様に比して、あなたはふさわしくないと思います。奥にひっこまれた方が賢明だと思いますが……」

昭和五十七年の銀座出店を機に、義母が上京し、留守を預かる形で、私が二代目として、前面に出るようになった頃、届いた差し出し人不明の手紙。自らの意志を貫いた主人との縁により、私に与えられた女将という生業の深さ、「たかが一夜の宿の女将、されど一夜の宿の女将」の想い一念、この一通の手紙が、後年、私の宝物となったのである。

嫁いで翌年の八月そして次年の七月に、長男、長女と年子で出産した私が、東北四大祭りの一つ、山形の花笠まつりを見たのは嫁いで三年目の夏であった。紅花の紅餅をイメージして作られたという花笠の美しい波のうねりを旅人の如く、眺めながら、夏の夜空を仰ぎ、「柳は緑、花は紅」とつぶやきながらも、山口生まれで広島育ちの私は、異郷の地で二児の母となり、家業である宿の切り盛りが、近い将来、私の肩にかかってくるという現実に気づいたのである。「毎日、蔵王でスキーができるよ」と言った主人の顔が浮かび、思わず「嘘つき」と心の中で叫びながら、「勝って嬉しい花いちもんめ。負けてくやしい花いちもんめ」と口ずさんだ唱歌に出てくる花とは紅花の花だったのかなどと、私の内なる紅花幻想は次々と拡がってゆき、長男を背負い、長女を両手にかかえ、私はケラケラと大声を立てて笑っていた。家業に忙しい義母を助けて、主人と義姉を育ててくれた者が、幸いにして、二人の子供たちの世話を親身にしてくれたので、子育てを優先させながらも、宿に出るようになった私は、義母と片時も離れず行動を共にした。私にとっては女将という職が興味深く、山形の地に慣れない私のことを案じながらも外の仕事が多い主人よりも、義母といる時間が長かった。

ある秋の夕方、義母が社員に、すすきをとってくるように命じながら、黄色い画用紙に丸いお盆で弧を描き、はさみでくりぬき、脱兎の如く、宴会場に走ってゆく後ろ姿を見て、何事かと思い後を追った。間仕切りの宴会場は殺風景で、景色も何もない。別の宴会場は坪庭が見え、差がつきすぎる。大切なお客様なので、今すぐ宴会場を変更してくれとの強いお叱りであった。両手にかかえきれないほどのすすきを持ってきた社員の後について、その宴会場に入ると、障子の真中に、まんまるお月様、緋毛氈の上の三宝膳には、艶々としたあふれるばかり栗の山。そしてお客様のお膳には、お団子が配られつつあった。義母は月見の宴を演出したのであった。

すすきを山野にあるように配した後は、お客様を待つばかりの宴席。義母の「私にお任せ下さい」という気迫と機転、号令一下、義母の意を得て甲斐甲斐しくたち働く社員たちの気持ちに応えて添乗員の方は、「すばらしい。ありがとう。坪庭のある宴会場より、この月がある宴会場が気に入ったよ」と快く許して下され、宴席に参上した義母は、「本日は、ことに大切なお客様とお聞きしておりましたので、かみのやまの満ちたる月と共に、お越しを嬉しくお待ちしておりました」と、深々とお辞儀をした。控え目ながらもお客様を思う心情が切々と伝わる御礼ご挨拶であった。

宴会場の外で待機していた私は、安堵感と感動で、心が満ちてゆき、何ともいえぬ喜びがこみあげてきた。お客様からの好意の拍手に送られ宴席から退出した義母に向かって、「お母様の黄色い月を見習って、私はうさぎの耳の形に切った白い画用紙の真中を、紅花に染めた両耳をつけて、ぴょんぴょんと飛び跳ねたい気持ちでした。小学校の学芸会で『すずらんの鐘』という劇で、うさぎのお母さん役をしたことを今思い出しました。あの耳を持ってお嫁にくればよかった」と言った私に、「まさか」と義母は声をたてて笑った。「よしゑ、あなたはいい人ね。面白い人ね。おもてなしの心は、それでいいのよ。あなたなら大丈夫。女将業つとまるわ」と私の背中をポンと押してくれたのだった。

優しく温かな義母の前で、私は嫁の立場を忘れ、いつも娘になるのだった。月の宴会場では、炭坑節の踊りの輪が広がり、花笠の代わりに丸いお盆を持っての花笠踊りまで飛び出し、気を利かせた社員が花笠を持ってゆくと、踊りの輪はさらに、大きくなり、一同踊り疲れて、めでたく秋の夜長の宴会は盛りあがり終了した。

＊

女将の仕事の大半は、お客様には見えない気働きであり、社員の陣頭指揮をとることの責任の重さである。人間愛に根ざした献身的な働きの不断の努力があらばこそ成り立つ、人間の心の交流がもたらす泣き笑いの日々の営みの全てと、非力ながらも、知り始めた頃、私は三十歳になっていた。

昭和五十七年は、山形県の観光において、画期的な年であった。同年の東北新幹線開通により、山形県の観光地が埋没するのでは、首都圏からのお客様が隣の宮城県に集中するのではという大いなる危機感が官民一体となった「ディスティネーションキャンペーン紅花の山形路」に結集した。平成四年開催の「べにばな国体」の成功を目指しての観光山形の幕開けの年、地中海沿岸、エジプトが原産地のキク科のアザミに似た鮮黄色の可憐な花の紅花が、山形の花と認知され、県の花に制定された。その年の夏、東京からのお座敷列車でお越しのお客様に歓迎の花束贈呈を頼まれ、手にした紅花の花束。花笠まつりの初日の八月六日、私は初めて、本物の紅花を見たのだった。やっと出逢えた紅花の花は、山形県のシンボルの花となり、他県出身の私には、まぶしいほどの太陽のような憧憬の花であった。

酒田ご出身の恩師伊藤善市先生は、「知恵出せ。欲出せ。元気出せ。エンドレスのがんばりを」と折々に励まして下さった。当館にお泊まりの時、「トルコ地方で、紅花は間抜けな驢馬《ろば》も見向きもしない花というのは、紅花に棘があって驢馬が食べられないからというのだよ。しかし、紅花は美しい、いい花だね。薬用効果もあるし、紅花染めもいいねえ。わが山形の県の花になってよかった。君も、遠くからやって来たのだから、紅花のように、早く山形の地に根づいて、花を咲かせるといいね。応援するよ。この次は家内を連れ、家族皆で泊まりに来るよ」と言われ、私の差し出した楽焼に「紅花のふるさとしのぶアルカディア」「薫風自南方」とお書き下された。師の生まれ故郷の近くの日本海に沈む真っ赤な太陽は、魂を育みし父なる蔵王連峰に昇る太陽。海に入るまで濁らざりける川の如くの、一筋貫く母なる故郷への純な思いを持して、生き、生かされてゆくことの大切さを、身をもってご教示いただいたわが師の恩情にお報いするためにも、明るく前向きに、心尽して宿の場で、日々を重ねてゆこうと決意した。望郷の思いを愛郷の想いに代えての私の内なる旅の始まりは、宿の場で、紅花への追慕の想いを具現化してゆく女将の日々の始まりでもあった。

俳聖芭蕉が愛した紅花の山形路でのおよそ四十日間の旅程で、山形県入りしたのは新暦七月一日。半夏一つ咲きの紅の花を芭蕉は見た。孤高の人生の旅の達人芭蕉が好んで旅した山形路は、江戸で「紅花大尽」と呼ばれた尾花沢の豪商鈴木清風をはじめ、温かく芭蕉を迎えた土地の風流を好んだ俳人たちとの詩情豊かな脈々とした赤き血の通う、心の通い路であった。

紅花が結んだ東西の文化の道の歴史の、語り部の宿となりたく、館内に紅花の風情を演出した。宿は全世界から、人が集まり交流する場と考え、誇りに思うわが山形の風土、風景、風味の三風を旅人に快くやさしくお伝えしたいという熱き思いを紅花に託した。コンベンションホールの紅花総柄模様の絨毯（現在は桜桃と桜ともみじ、二階三階の廊下は全て紅花模様）。米沢の新田機業様にお願いした紅花染めの暖簾。殖産銀行（現・きらやか銀行）の故長谷川吉内様にお許しをいただき作製した陶板焼きの紅花屏風。お料理の献立に紅花グラタン、紅花そば、紅花御飯、紅花揚げ、紅花おひたし、紅花酒などを用意し、県花紅花をPRした日々。京文化との交流の史実を得て、義母が初めて温泉宿に設けた「京風料亭やまびこ」を拡張した。一階の大浴場の湯舟に、かみのやまの湯を母なる最上川に見立てて、北前船を浮かべ、シルクフラワーの紅花をのせ、昔日の紅花交易の歴史を再現してみた。生前、親交の深かった真壁仁先生に創作していただいた多くの詩句の中より、義母と相談して、起承転結よろしく四篇の詩句を選び、紅花風呂の壁面に印刷した。

「ナイルの岸　たどりし紅花のふるさと　遥かなりき」「紅花は東へ　シルクロードは絹の道だった」「京雛の唇の紅　あれはおらだづの里の紅花の色だべ」「旅ゆかん　旅ゆかん　紅花の里　人あたたかし」。大いなる出逢いとロマン満たされる心豊かなみちのくの宿を、社員と共に築きあげることを夢見つつ、清明の頃、種を播く紅花への思いを新たにしている。東北公益文科大学のキャンパスのひときわの春の風情に思いを馳せ、紅花がとりもってくれた友情に感謝。山形に感謝。わが祖国、日本に感謝。

四月五日晴れた朝。

（東北公益文科大学「現代と公益」第四号、平成十七年五月）

小さな決意

私は眠れなかった。白髪のやせた小柄な老人が、待ち伏せしている夢に何度うなされたことだろう。「お母さん」と叫びながら走ってゆくと花畑だったり、海だったり、その都度、夢に出てくる風景は様々であった。

小学校三年生の早春、友達とドッジ・ボールをして遊んでいた。転がったボールを拾いにゆくと、白髪の老人と目があった。

「こんにちは」

と、元気よくお辞儀をすると、

「元気がいいねえ。男の子だと思ったら女の子だなあ。学校でもお利口さんだな。いい子だな」

と、声をかけられた。初めて会った人に元気さをほめられ、利口だと言われて、よれよれのコートをまとったその老人の身なりが気にはなったが、瞬間的にいい人だと思った。目元が亡くなった祖父にどこかしら似ていて、懐しい人に会ったような気もしていた。友達が飛んできて、

「ほいと（乞食）だから、かまわん方がええよ。人さらいかもしれんし……」

と、大声で言った。内心そのようなこともあろうかと思いながらも、友達が言ったことを老人に聞かれたことに、バツの悪さを覚え、いたたまれない気持ちで、その場を後にした。

二、三日経って、またその老人と会った。会ったというより、家の二階の窓から公園を見ると、その老人がベンチにうずくまるようにしているのが目に入ったのである。その風体を見ながら、ほいとだと思った。が、次の瞬間、私は戸棚にあったおやつを持って、公園に飛び出していた。

「おじいさん、これ、おやつ。食べて下さい」

と、パン菓子を押しつけるように老人に渡して、老人に自分の家を知られないように、隠れるように逃げ帰った。

それから、午後になるときまって公園に現れる老人に、おやつを、せっせと私は運び続けた。

「たいがたいこと。たいがたいこと。ありがとう」

と、何度もお礼を言いながら、ほんとうに美味しそうにお菓子を食べる老人の顔を見ることに喜びを感じ、おやつの少ない時は、おにぎりを作って運ぶようになった。

県の絵画コンクールでいただいた特選の賞状を母に見せたくて、急いで家に帰ったある日、

「よしゑ、ここに来て、すわりなさい」

有無を言わせない母の声が、私を待っていた。黙って絵の賞状を差し出すと、母は軽く掲げて拝むようにして、自分の膝の横に置いた。私は、ドキドキしていた。

「よしゑはやさしい心が沢山あって、お母さんは、いつも嬉しく思っているけど、公園にいるおじいさんに、食べ物を運ぶことはやめなさい。おじいさんは、犬や猫ではないのです。人間として生まれてきたからには、人間らしく生きてゆかなければなりません。おじいさんは人間です。まだ十分働ける人です。おじいさんは、もう公園には来ないと思うけど、二度と食べ物を運んではいけません」

母は、私の目をのぞき込むようにして、強い調子で言い放った。私は急に恐くなって、ワーッと声をあげて泣き出し、母の腕の中に飛び込んだ。

しゃくりあげて泣く私の小さな背を、温かい手でさすりながら、

「原爆で全てをなくした独りぼっちのおじいさんを、お母さんも、かわいそうだと思ったよ。髪がボーボーにのびていたから、バリカンで散髪してあげました。おじいさん、さっ

ぱりとしたとてもいい顔でしたよ。二度と公園近くには来ないと、お母さんと約束して帰ってもらったのよ」

いつもの元気が戻るまで、暫く母に抱かれながら、私は、しみじみと「幸福」ということを実感していた。それ以来、二度とその老人は私たちの前に姿を現わさなかった。そのうち、老人の夢を見なくなった。古き良き時代の一つの邂逅であった。

感謝の笑顔とほめ言葉、いい子になるという励ましのマジックのような言葉を、幼い私の記憶に植えつけたまま、母との約束を守って忽然と姿を消した老人。生きてゆくことの大切さ、人間として生まれたことの尊さ、幸せ、そして、母への絶大なる信頼感を感じ取った最初の体験であった。私は、この母の娘であることに誇りを持ち、母に心配をかけず、明るく、しっかりと生きてゆこうと思った。父のいない淋しさに負けることなく、やさしく強く、生き抜いてゆこうと心に誓った九歳の春。感謝。


（「山形教育」第二六六号、平成三年五月）

夢の住人

今年九十歳になる祖母の海老のように曲がった背中をさすりながら、私の二人の子供が山形弁で、

「まっすぐに、ならないんだべか」

「まっすぐにすると、痛いんだべ」

と口々に言う。ひい孫との再会を喜び、精いっぱい背筋を伸ばそうとしている祖母が、いとおしく、私は思わず抱きついた。

生まれ故郷山口の小さな町で、世の中で一番偉い人は、天皇陛下様と総理大臣（伊藤博文様、山県有朋様など皆山口の人、岸信介様はわが町ご出身）だと教えられていた。大きくなったら何になりたいかと聞かれると、臆面もなく、「そうりだいじんか本かく人」と元気よく答える度、祖母は、

「今に、おなごでも大臣になれるいい時代がくる。志を高く持つように……」

と言った。

祖父が早くに亡くなり、一人で農家をきり盛りしていた祖母は、寸暇を惜しんで、吉屋信子などの本を読んでいた。子供心にも朝早くから夜遅くまで仕事をしている祖母をして、机に向かわせる「小説」なるものの、力に驚嘆しつつ、将来小説家になりたいと思った。自身の非力をも顧みず、長い間、私は本気で筆一本の生活に憧れていた。

「ひたすら小説家を夢見ていた瀬戸内生まれの私は、今や雪の消雪家」などと、友達の手紙に、おどけて書いてはみる。嫁いだ翌年は記録的な大雪。身ごもっていた私は、外に出ることができず、ほとんど山椒魚の気持ちであった。また、女将の立場から、山形の観光のことを話せば、山形県の女将でないのに知ったかぶりは生意気だと言われていた頃、自身を風媒花になぞらえ、山形、大好きと心の中で繰り返していた。山形弁を話せない女将なんてと面前で言われる度、瞬間言葉を失い、身の置きどころがない哀しさ、淋しさ、口惜しさの中で、私は異邦人と思いながらも、心を伝える私の言葉を探していた。

直面する現実を真っ向からとらえ、わが身にふりかかる全てのことを甘んじて受け入れる姿勢を辛うじて保ちながら、かつて志した文学の世界に、救われ、励まされてきた。

二十一世紀は、男性と女性がバランスよく共に生かされてゆく、真に豊かな人間の時代。お金で買えないものを皆が欲しがる心の時代、一筋貫く自身の夢を持ち続けることは、その実現の可否は別として、各人の業を大きくふくらませ、かけがえのない人生の旅を豊かな実りあるものにしてくれる。

あたり一面銀世界の中では、人との出逢い、物との出逢いが、ひときわの彩をもって、心に刻まれる。師走の風に吹かれながら、悔いなく生かされてみたいと切に思う。子供が幼稚園の頃、ひたすら相手のことを思いやると花が咲くという童話「花咲き山」を好んで読みきかせた。忙中の閑をみつけ、子供とのひとときを通して、自身の花咲く山を思い描きながら、子供と共に、夢の住人であった。

（平成元年十二月十七日付け「河北新報」広域版）

わたすのわらし（童子）

六年生の長男が、「僕、責任重いんだ」といつになく神妙な顔。聞けば野球チームでピッチャーで四番打者。そしてキャプテンという。即座に「負けても勝っても自分のせいね」と言うと、「野球はチームワークだよ。プレッシャーかけるんだから」と口をとがらせたまま、二階の部屋にのぼってゆく。

試合当日は、八対一で負けた。「一と八でかぶで縁起のいい負け方ね。それにしても大負けね」と言うと「お母さんは、全く無責任な言い方するよ。一挙に点を入れられたんだ。勢いに負けたんだ。勢いが試合を決めるんだ。勢いが大切なんだ」と自身に言いきかせるようにつぶやく息子が、まぶしく思われた夏の宵。

ひと夏の勢ひ残し階上る

（「古窯かわら版」平成元年八月）

練習時間が少ないということで、剣道部に入った長男。部員が少ない剣道部では、一年生もすべての試合に駆りだされ、その上、一年生の男子部員が息子を含めて二人。止めるに止められない様子で、毎日練習に励んでいる。食べ盛りの息子は、夜寝る前に翌朝食べたいメニューを私に伝えにくる。娘は三面鏡にメモをはりつける。働く母親をもった主人や私がかつてしたことを、二人の子供がそっくりひきついでいるそれぞれの秋。

ほの浮かぶ三面鏡に子らの秋

（「古窯かわら版」平成二年十月）

中学一年の娘は、毎朝欠かさず自分で弁当を作ってゆく。わが子ながら感心しているが、本人に言わせると好きなものだけ好きな様に詰めてゆけるからとのこと。踊りは大嫌いと言いながらも、来春の発表会で踊る「藤娘」のけいこを続けている。

自我の目覚めの中で、強烈な個性を放ちながら勢いよく生きている娘を私は時としてまぶしく、時として、はらはらと見守っている。

りんりんと秋物語綴りをり

（「古窯かわら版」平成三年十一月）

人、生かされてあり

「牡丹花は咲き定まりて静かなり花の占めたる位置のたしかさ」の歌中の花を女将に置きかえて、祈るような思いで迎えた五月十六日は、奇しくも、今から三〇八年前、俳聖松尾芭蕉が門人曾良と共に、「奥の細道」へ旅立った日。そして、その日の朝、わが家の玄関の前庭に、「白玉獅子」と名のついた白い牡丹が花咲かせた。真白き牡丹を眺めながら、無垢なる魂の大切さを私は思った。次の日、「太陽」という赤き牡丹花が二つ花開いた。

紅白の牡丹花は、牡丹で有名な須賀川市の今は亡き高木市長様から贈られた花。人は生まれ、死んでゆく。それが人生。人として生まれたからには、もんどり打っても欲しき夢が、一つや二つあるもの。夢見る人々は単に夢を見るのではなく、夢が人を摑んで離さない。大いなる夢の実現の代償として、夢見る人々は、多くのものを失う。失うことを恐れては、何一つ自身に得るものはない。あきずに夢を求め続ける思いがあればこそ、天の恵みの如く夢は成就するもの。あれかこれかの選択ではなく、強い信念をもって、自身が直観し摑み得たものだけが真実。真実の前では全てのものが明歴々。もって瞑すべしのお天道様がお導きお見守りの世界。この世界の良き住人として、与えられし人生を全うしたきものとの思いは、年経るごとに増してゆく。わが生まれし日は、わが母の受難なる日。母とつながりし絆は、何ものにもかえがたき宿命。母あらばこそ授けられし尊い命。命果てるまで、生かされてあることに感謝して、生き抜くことが私たちに与えられた唯一の命題。美し国、祖国日本に生まれし喜びを享受しながら、今日より明日へのひときわの思いの中で、生きてゆく人でありたきもの。山口生まれの私が、生涯の伴侶と信じた人の元へ、わが内なる思いのまま、好んで嫁いできた山形。不動の父なる山、蔵王連峰を眼前にして、わが故郷の山々を思い重ねた日々。母なる最上川の緩急自在の流れに、わが身を写し出しながら、思い浮かべたのは、懐かしきかの川。望郷の念やみがたく、心の底に沈みゆくわが故郷への思いと等しき第二の故郷、終のすみかとなった山形への思い。山形大好きと口に出せば出すほど、遠くなってゆくようであった山形はわが子供たちの永遠のふるさと。「母はあなたたちの故郷の一隅を照らします」と言った時、わが子供たちは、それぞれの夢を抱いて、花の都、未知なる世界を目指して、わが元を巣立っていった。長男に続いて、長女の大学進学の記念の旅に、今春初めて沖縄を訪ねた。ひめゆりの塔にお参りをし、記念館の中で、短い命を散らした多くの女学生の遺影を前にして、娘が、「お母さん、この人たちも沢山の夢があっただろうね」と目に涙をためて呟いた。息子は沈黙したまま、数々の資料に見入っていた。沖縄を子供たちの自立の旅先に選んでよかったと、主人が目で私に語りかける。その後、私たちは他県の慰霊碑と離れたところにある山形県人の慰霊碑に祈りを捧げた。帰り際、山形県からの花束をかかえた一団の旅行者とすれ違った。顔見知りの方も幾人かお見受けし、私は、なぜか面映ゆさを感じながら、初めて山形の人になったことを体感した。涙がじわじわとこみあげてきた。そして一路、山口県人の慰霊碑に向かった。高く積まれた鎮魂の花束が涙でかすみ、傍らで般若心経を唱える母の声が、天寿を全うした山口の祖母の声と似ていることに、今更ながら深く気づき、唱和した。私たち家族を案内して下さった生粋の沖縄県人の大城さんが、「東北の人が、よくお参りして下さいます。ありがたいことです」と、お話しして下さった。

（「産業情報やまがた」平成九年六月号）

働く母親の芯の強さ

女将の仕事の極意

学生時代に知り合った主人との縁を貫き、自らが選んだ女将としての日々を過ごしている。夏の風が生まれ育った瀬戸内の海のように凪《な》いだりすると、西国から遠く離れた北国の旅館に嫁ぐことを心配した母の親心が懐かしく思い出される。三十年近くも昔の話だ。六歳の時から女手一つで育ててくれた母は、女性が働く辛さを身をもって知り、娘には平穏な人生を望んでいた。嫁いだ翌年、長男を出産して里帰りした私に、母はこう諭したものだ。

「女将の仕事が大変なら、いつでも広島に帰っておいで。子供の面倒は見るから」

母は半ば本気だった。年子で長女を出産してからは、「帰ってこい」とは言わなくなった。その代わりに、私の少女時代の思い出話をするようになった。

「よしゑが子供の頃の話だけど、占師が手相を見たんだよ。そしたら、『将来は女親分になる』って。女将は〈女の大将〉とも読めるから、占師の話は当たっていたんだね」

以来、両手を真一文字に横切る手相を見つめながら、女将は、星が選んだ道なのだと、自分に言い聞かせている。

テレビで取り上げられる機会が多くなったせいだろうか、女将の仕事についてしばしば尋ねられる。その度に私は戸惑う。と同時に、女将になりたての頃のある〝事件〟を思い出す。

二十数年前の冬、それも寒風が吹き荒れる夕暮れ時のことだった。フロント係が「前触れもなく女性が訪ねてきて、住み込みで働かせてくれと言い張っているんです」と駆け込んできた。当時、新たに人を雇い入れる計画はなかった。私は断るつもりでその女性と会った。

女性の脇には、十代半ばの少女が寄り添うように立っていた。女性の娘だった。既視感に襲われた。そう、もの心ついた頃から働きづめだった母の姿である。一方で、義母である大女将の顔が浮かんだ。義母ならどうするだろうか……。

一瞬、ためらった後、言葉が口から飛び出していた。

「どうぞ、明日から働いて下さい」

私は義母から怒られることを覚悟した。何しろ女将とはいえ新米。雇用という重要なことを、何の相談もなく独断で決めてしまったからだ。だが、義母は「あなたが良いと思った人なら大丈夫。縁があったのよ」と言って、私の対応を支持してくれた。思わず涙があふれた。そして、責任の重さを痛感した。その女性が一人前に育ってくれればいいが、そうでなかった時は――と覚悟を決めた。

幸いにも、女性は定年まで立派に勤め上げてくれた。現役の終盤は接客課長として後進を育て、今では社員ＯＢ会の世話役の一人。娘もうちで働いた後、今では幸せな結婚をして四人の子供に恵まれている。

女将の仕事は、宿で繰り広げられる営みの全てに責任を持つことである。自己責任と自助努力の二つを、はんなりとした着物姿の内に秘めている。創業期の幾多の困難を乗り越えてきた義母である大女将や、女手一つで私を育ててくれた母の背中から、多くのことを学んできた。誤解を恐れずにいえば、何も特別なことではない。世の働く母親たちが共通して持ち得る芯の強さではなかろうか。

歌人、斎藤茂吉のふるさと、かみのやま温泉。そのひそみにならって、私はこんな歌を詠んで、時に気弱になる己を鼓舞している。

瀬戸内の朝凪《なぎ》夕凪想ふ時蔵王真向《まつこう》雲押しとどむ

（平成十六年八月四日「毎日新聞」朝刊、コラム「東北彩発見」より）

宿はクレームで鍛えられる

女将は「品質」管理責任者

「古窯かわら版」――。私どもが宿でお客様にお配りしている広報紙だ。月に一回発行し、山形の観光情報などを提供している。表裏二ページ建ての限られた紙面のなかで、毎号、目立つ位置に掲載しているのが「お客様の生のお声と反省と対応」というコーナーである。お客様からのクレームをそのまま載せ、それに対して私たち宿の担当者がどう対応したのか、あるいは改善していくのかを明らかにさせてもらっている。

「何もそこまでさらけ出さなくても……」と心配して下さる方もいるが、今では「かわら版」になくてはならない定番記事になっている。実は、本欄誕生の裏には、忘れ難き体験がある。二十年ほど前のこと、

「責任者を出せ！」

初老の男性客の怒声が客室フロアに響いた。新人の客室係によると、布団の位置が北枕

になっていることへの強いお叱りであった。私は担当の社員と共に急いでお部屋に参上した。布団の敷く位置を直ちに替えると申し出ても、許していただけず、満室で他の部屋もご用意できなかった。

「結婚して四十年目を記念しての祝いの旅が、『北枕』のせいで不吉な旅になった。どうしてくれるのだ。とても泊まる気分になれないので、別の宿をとってくれ」

厳しい叱責の声。私は身を伏してお詫びするしかなかった。

紅葉盛りの時節で、八方手を尽くしても他館の予約も取れなかった。私たちが必死の思いであちらこちらの宿を探す姿を間近に見られたせいだろうか、それとも、声を張り上げて不満の思いをありていにぶつけられたからだろうか、お客様の気分も少しは落ち着かれたようだった。

「女将に免じて、今日はここに泊まる」

私は安堵して深々と頭を下げて部屋を辞した。すぐに調理師に、季節の果物の盛り合わせを作ってもらった。そして、私はこんな自筆のメッセージを添えて客室係に運ばせた。

〈東西南北、美《うま》し国に春の風。秋の風あり。この旅枕、〝喜び〟多き枕とご容赦下されますよう。実りある旅となりますように〉

翌日、お見送りのため玄関でお待ちしていた私に、当のお客様から話しかけて下さった。

「昨晩はぐっすり眠れました。結婚四十年を記念する、忘れられない夫婦春秋の旅となりました。家内とまた来ます」

満面の笑顔だった。ご夫妻様の後ろ姿が見えなくなるまで花笠を持つ手を振って見送りながら、人を喜ばせる心は、常にプラス発想から生まれてくるのだと私は気づいた。

以来、私は、お客様の声は天の声と信じ、お客様の苦情をありがたき教えと素直に受け止めて業務改善に生かしている。お客様からのクレームを公開すると、なお一層お客様の目は厳しいものとなる。だが、それだけに社員側の意識もさらに目に見えて向上していった。

私は、宿はお客様からの苦情で鍛えられ、お客様からのお褒めの言葉で、宿の個性が熟成されていくと思っている。サービス業全般に言えることだろうが、お客様は提供されたサービスの最も不満足であったところに目が行きがちで、その部分をもってサービス全体を瞬時に判断されてしまう。だからこそ、サービスは毎日ムラなく提供することが肝要だ。そして、女将という職務は「サービス」という品質の管理責任者であろう。意欲的に仕事に取り組む社員たちの姿に、私も女将としての資質を磨かねばと思うのである。

(平成十六年九月二十九日「毎日新聞」朝刊、コラム「東北彩発見」より)

気を抜けない新年準備

師走はまさに「女将走」

新潟県中越地震、相次ぐ台風の上陸。そして、幼児殺害、子供の虐待死をはじめとする凶悪犯罪の続発に加え、被害が拡大する一方の「振り込め詐欺」……。何かと暗い話題の多かった二〇〇四年。京都・清水寺の森清範貫主の大色紙への揮毫で知られる、世相を表す「今年の漢字」に「災」の文字が選ばれたのも、むべなるかなであろう。迎える新年こそは、〈災いを転じて福となす〉ことを祈るばかり。

さて、師走である。その語源をめぐっては、年末になると芸事のお師匠さんは忙しく走りまわるから、という説もあるようだが、この「師」とは、実は「お師匠」ならぬ「法師」のことらしい。昔は、お盆と並んで正月も先祖を供養する時期とされ、お坊さんは家々を訪ねて慌ただしくお経をあげたから、というのである。ものの本によると、万葉の時代から「十二月」を「しはす」と呼び習わしており、「師走」と書かれるようになったのは江戸時代中期のこと。要は当て字のたぐいなのだろう。とはいえ、「しわす」に「師走」の字を当てた発想の妙は、ただただ感服するばかり。

いささか悪のりしているかのように感じられるかもしれないが、旅館の女将にとってみれば、この時期はまさしく「女将走」なのである。忘年会をお楽しみ下さるお客様を日々お迎えしながら、新しき年を迎える準備もしなくてはならない。その新年を迎える準備といっても、多岐にわたる。

秘すれば花、秘せねば花なるべからず——。お客様は湯宿の裏舞台について知らぬ方がいいのかもしれない。でも、女将たちがどのような思いで新年を迎えようとしているのかを知っていただくのも一興であろう。

ざっと挙げてみると——。

年越し、迎春の寿料理の献立の試食、器の選定、正月三が日のお茶菓子選びに始まって、干支の絵馬、寿箸、寿コースターの取り寄せ確認など……。数えだしたらきりがないほどだ。

大がかりといえば、障子の張り替え。私どもの宿では、真新しい障子で新年を迎えていただくため、十一月には全室張り替えの計画を立て、師走に実行に移す。その数、およそ六〇〇枚に達する。クリスマスソングのＢＧＭが流れるなか、廊下に障子戸を並べて一斉に紙をはがして新しい障子紙を貼っていく。廊下に障子戸が立ち並ぶ様子は壮観そのもの。

手を糊だらけにして黙々と汗を流すのは、クリーンサービス担当の主婦たち。時節柄お客様の出入りがなにかと多いが、昼時の間隙を縫うようにして作業は進む。そうした光景を見るにつけ、湯宿は母なる手で守り伝えられていることに改めて気づかされる。

普段、お客様の目に触れない部分も気が抜けない。施設の総点検である。保安課長が先頭に立ってボイラー、貯湯タンク、エレベーター、消防設備などに何か問題はないかと目を光らせていく。そして、クリスマスが終わると、いよいよ総仕上げとなる。館内をくまなく磨き上げ、門松、大凧、大羽子板といった正月用のお飾りをして、やっと新たな年を迎える準備が整う。

細部に神宿る——ともいう。何も温泉と客室があるから湯宿ではない。今回紹介したような細かな作業があればこそ、湯宿が成り立っている。それを支えるのは全スタッフの信頼の絆である。一つ一つをおろそかにしない心——。そうした集合体が湯宿のホスピタリティーなのであろう。

（平成十六年十二月二十九日「毎日新聞」朝刊、コラム「東北彩発見」より）

二代目女将を支える二冊

「知」と「情」喚起の秘訣

「無人島に持っていく本は何ですか」という問いに、ブラウン神父シリーズで知られる英国人推理作家のチェスタトンは「造船術の本」と答えたという。そんなエピソードを聞いた時、その機知に富んだ回答に感嘆したものだ。ふと考えた。旅館の女将である私なら何を持っていくか——と。あれやこれやと浮かんだが、やはり私の事務机の上に並ぶ『歳事記』と『広辞苑』を外すわけにはいかない。

私は学生の頃から、俳句を趣味にしてきた。十七文字から紡ぎ出される小宇宙にひかれて書きためてきた俳句手帳はいつの間にか、女将の歳事記になってしまったが、今でも折に触れて『歳事記』のページを開く。

俳句の魅力とは何だろうか。たった十七文字ではあるが、囲碁に定石はあっても同じ棋譜がないのと同様、そこには無限の世界が広がる。季語と共に引用されている俳人たちの句境に思いを巡らせると、十七文字が織りなす世界の深さ、四季のある日本語の豊かさに、時間が経つのを忘れてしまうほどだ。加えて次々と新しい発見がある。

こんなことがあった。「花野」は秋の季語ではあるが、語感からは百花繚乱の春をついつい思い浮かべてしまっていた。『歳事記』を繰り返し読んでも、なかなか実感として迫ってこない。そんな折、母と二人ですすきたなびく野原を歩いていた時、母は問わず語りに「年を重ねて見える景色もあるのよ」と言い出した。「秋萩の花野のすすき穂には出でず我が恋ひ渡る隠り妻はも」の一首を思い出し、なるほど秋の季語だと感じ入った。

『広辞苑』にも格別な思い入れがある。周知のように、国語学者の新村出氏（一八七六〜一九六七）が数十年の歳月と心血を注いで編んだ国語辞典であり、収録語数の多さだけでなく、精緻を極める言葉の定義付けなどその名声は不動だ。中身もさることながら、私が心ひかれたのは新村氏の経歴だ。父親は元幕臣で明治維新ののち新政府に出仕して山形県に赴任。その後、県令として山口県に赴き、生まれたのが出氏だった。「出」という一風変った名前は「山形」と「山口」の二つの「山」を重ねて命名されたのだという。

私事になるが、私も山口生まれで縁あって山形に来た。恐れ多いことかもしれないが、出氏のそんな経歴を知ってからはますます出氏と、『広辞苑』に親しみを覚え、言葉のうえで何か困ると、分厚い辞書を引くことが習慣となった。

だが、『広辞苑』といえども万能ではない。ずいぶんと昔の話になるが、「へらへらしゃべらず、わらわら持って来い」とお客様から命ぜられたことがあった。分らなかったのが「わらわら」という言葉の意味。とっさのことだったので、「失礼ですが、二本の藁を何にお使いになるのですか」とお聞きした。すると、お客様は「『わらわら』は『急いで』という山形の言葉。日が経てば山形弁が分るようになるよ」と破顔一笑された。その夜、『広辞苑』を引いた。「わらわら」は「散りみだれるさま。ばらばら」とあったが、さすがに「急いで」の意味は載ってなく、それこそ心が千々に乱れた。

人と人との情の織りなす宿の場で、女将として流されもせず、角も立てずに生きていくことを願い試行錯誤している私に、『広辞苑』からは「知」を、『歳事記』からは「情」を喚起させてもらっている。

（平成十七年二月九日「毎日新聞」朝刊、コラム「東北彩発見」より）

観光産業こそは平和産業

広島育ちの女将の祈り

杜《もり》の都仙台を歩いていると、私が育った広島の街並みとよく似ていることにしばしば驚かされる。戦災に遭った街特有の大きく区画された道路と、その佇まい。私のふるさとの原風景は、生まれ故郷山口県田布施の山と川、そして七つの川が流れる広島である。

終戦を迎えた時、母は十六歳の女学生だった。その時、「欲しがりません勝つまでは」と自分に言い聞かせ生きてきたことが急に色あせ、戦争で命を落とした多くの人たちの犠牲があればこそ生きながらえたことに気づくと、身震いするほどの悲しさ、口惜しさを感じたという。同時に、そういう時代だったのだろう、祖国日本があり続けることに安堵し、神風は吹かなかったが、日本は神の国と思ったという。

母は折あるごとに戦争の悲惨さを語り、広島へ帰省する度、二人の孫を平和資料館に連れて行った。年子の子供たちは戦争の夢を見ては、夜中に飛び起きて、「B29怖いよ」「逃げようと思ったけど防空壕が見つからないんだ」「水が欲しいよ」と泣きじゃくることが続いた。そこで私は母に「戦争の話はもうやめて」と電話で抗議すると、「三つ子の魂百までよ。おのが命を捨て、私たちの暮らしをしっかりと守ってくれた祖国の英霊の御霊《みたま》のためにも、戦争のむごたらしさ、平和の尊さをわが血脈に吹き込まねば私は死ねんのよ」と真剣に言うのである。

復興した広島の街の下には累々と屍《しかばね》が埋まっており、私たちはその死者の見守りの中で日々生活している。そう聞かされていた私も山口から広島へ転校した十歳の頃、毎晩のように戦争の夢を見てはうなされた。通学路が平和公園の通りであり、多感な学生時代の全ての思い出が原爆ドームを借景に刻まれている。高校三年生の晩秋、進路を決め文学への夢を親友に打ち明け、言葉の力を信じたいと語り合った日、三島由紀夫の割腹自殺のニュースを聞いた。夕暮れ時、緋《ひ》のドームを眺めながら、益荒男《ますらお》の力がきわまると、また日本で戦争が始まるかもしれぬとの不安を覚えた。

不条理な世界に引き込まれ、地に伏して大声をあげて泣きたい思いを封じ込めて、戦争を始めた男の世界を恨むことなく、底知れぬ時代の悲しみに寄り添い、母たちの世代は同じ苦しみを味わったゆえの思いやりを心に秘めて命がけで生きてきたのだとも思った。それ以降、美しい残照の中で、屹立する原爆ドームは優しい母性の祈りの姿となって、わが心の真ん中にある。

先頃、広島への原爆投下直後の極限状況で人間の生と死を凝視した詩「生ましめんかな」で知られる詩人、栗原貞子さんの訃報に接した。九十二歳だった。三十二歳で被爆して以降、平和を訴え続けてきた六十年間の人生に思いを馳せる。原爆詩人と呼ばれた運命の中で生き抜いてきた詩人の末期の目に、世界平和の希望のあかりは見えていただろうか。

縁あって湯宿に嫁いで三十年近くが経過しようとしている。そのなかで、私が獲得したのは「観光産業こそは平和産業」という確固たる信念である。宿には日本国内のみならず、全世界から多くの人たちが心の癒しを求めて訪れる。心と心が通い合えば、そこから「交流」が始まる。観光産業は時代が平和ならばこそ成り立つ産業である。不遜かもしれぬが、私も栗原さんの願いを引き継いでいきたいと思っている。一寸先は闇の常ならぬこの世にあって、赤々と燃える平和への祈りを共有したいのだ。旅の手帳に「美《うま》し国、美しひと、美しゆめ」と記す度、私の平和への思いは高まってゆく。

（平成十七年三月三十日「毎日新聞」朝刊、コラム「東北彩発見」より）

スリッパから始まった「国際化」

もてなす心に国境なし

「籐敷《とうじ》き」のスリッパをご覧になられたことはおありだろうか。今では、多くの旅館で見ることができる。足裏に接する部分には畳状の意匠が施され、通気性を保たせるためつま先の部分が開いているスリッパである。自慢話に聞こえるかも知れないが、私の旅館から発信したものだ。いや、そんなことはささいなこと。実は、このスリッパには、私どもの宿が国際旅館への道を歩むきっかけとなったエピソードが秘められている。

二十年ほど前の話だ。桜桃がたわわに実る頃、ニューヨークから一通の手紙が届いた。こんなことが書かれていた。

〈接客の女性に素晴らしいもてなしを受けた。スリッパを換えていただいたことに感謝したいが、それにもまして、朝の一杯のコーヒーは格別の味だった。日本といえば、山形を思い出す。たくさんの「ありがとう」を、私をもてなしてくれた女性に伝えてほしい〉

私もその米国からのお客様のことはよく覚えていた。接客を担当したのは、私の母と同年齢の女性社員。外国人のお客様と本格的に接するのは初めてのことで、ずいぶんと戸惑っていた。スリッパの件も知っていた。でも、この「朝のコーヒー」って何だろう……。私は早速、当の女性社員を呼んで手紙の内容を伝えた。すると、目を輝かせながら話し始めた。

「よかった。若奥さんから、言葉が通じなくても心配すんなと言われてその気して、ねっつく（ていねいに）お曲がり（お辞儀）して、お茶出した。教えられた通り、『プリーズ』と言ってね。そして、大浴場へ案内しようとしたんだけど、スリッパを履かないの。急に気難しい顔になって、ごしゃぎ（怒り）出す。肝冷やしたよ」

あの時、彼女は私のところに真っ青になって駆け込んできた。当時、スリッパといえば、つま先の閉じたビニール製のものだった。多少、外国人と接する経験のあった私は、足の蒸れる感覚がお嫌なのだろうと思い、つま先部分が閉じていない家庭用のスリッパを託した。

「スリッパを換えてから機嫌が直った。ごしゃいだ時は怖かったけど、『プリーズ』『サンキュー』と言い合っているうちに、心通じる思いしたな。そしたら朝五時にコーヒーと言われて……。ずいぶんと朝早くにコーヒーを、と不思議に思いながらも、自宅でポットにコーヒーをいれて部屋まで持って行った。何回かノックしても出てこないので心配したけど、コーヒーを手渡したら『サンキュー、ワンダフル！』と喜んでくれた」

　話を聞きながら、「モーニングコーヒー」は「モーニングコール」だったのだと合点がいった。海の向こうの手紙の主の感動がじわじわと伝わってきた。当たり前のことではあるが、言語に国境はあっても、人をもてなす心に国境などあろうはずもない。接客を任された彼女はかなり不安だったことだろう。だが、言葉は通じなくても彼女は「もてなす心」を十分に熟知していたのだ。そんな話を聞きながら、山形弁が話せないからと気弱になっていたわが身の甘さを思い知った。

　さて、この一件があり、山形がスリッパ生産日本一と知った私は、業者に依頼して新しいスリッパを作った。国際化への初対応とばかりに「宿の畳を素足で歩いているような感じ」というイメージを伝えて、こしらえたのが冒頭紹介した「籐敷き」のスリッパである。振り返れば、接客係がお出しした一杯の夜明けのコーヒーがわが湯宿の国際化の始まりだった。

（平成十七年十一月十日「毎日新聞」朝刊、コラム「東北彩発見」より）

東北復興への祈りの非時《ときじく》の花

被災地に咲きし桜も、わが終のすみか山形に咲きし桜も、一つ東北で咲きし命の花。様々なることを思い出させ、また深く気づかせてくれた今年の桜。与えられた場で、生かされてある命を使って、「我、人共に生かしめむ」の思いで生き抜いてゆくことの大切さを思い知った。縁あって北国の湯宿に嫁ぎ、女将と呼ばれて三十五年目の三月、誠実を心に刻むような生き方をし、おもてなしの心を日々高めてゆかねばと切に思った。

出羽三山お守りの山形の風味、風景、風土の三つの風を旅人に、快く差しあげたいという思いを具現化する日々は、多くのありがたき巡りあいから学ばせていただく日々であり、社員と共にお客様へのおもてなしの心を、言葉と行動で表現し伝えてゆく修行の日々である。常々、社員には、お客様に思いが伝わることが大切であり、伝える努力を積み重ねてゆくことが自分を磨くことになるのだと教えている。宿は地域文化の情報発信基地であり、働く私たちは、山形の外交官であるという誇りと気概を強く持つことが大切とも教えている。自己実現の志を高く持ち、昨日より今日、今日より明日へと魂を進化させ、相手を思う心を豊かに育んでゆこうと社員に呼びかけている。美しき民族衣装の着物を着用して働ける雇用（古窯）の場は、世界で一つの宿の花を咲かせることができ、場を共有する私たちは、世界で一つの非時《ときじく》の花を、それぞれ心の中で育て、咲かせることができると折々に伝えている。

旅館業は人を幸せにする幸福を呼ぶ産業であり、平和産業である。社員各自が、お客様を喜ばせることに喜びを見い出し、生き甲斐を感じ喜々として働いてくれる場を、良き環境にしてゆくことが、最も大切な私の役目。良き環境作りは、社員各人の思いが良き方へ向かい、お互いを認めあい、許しあい、励ましあい、そして高めあうという良き企業風土に結びつく。形あるものでなく、形なきものの中に、創業の両親が、真に私たちに受け継いでもらいたいと願うものを、心で受け止め、育んでゆき、次代へ引き継いでゆきたきもの。

（「山形教育」第三五八号、平成二十三年六月）

III

女将の春夏秋冬

俳句と短歌

新年

まほろばの大和の国に生まれて

地に伏して四恩の恵み今朝の春

『春駒』を踊る娘へ

きらきらきら初春巡りて天馬翔ぶ

めでたさも程々なり我が家の春

春雪や蔵王の鳥居大きうす

春の皿焼かれし三文字吉上々

天の風あたらしき旗求めたり

湯の中の人声やさし去年《こぞ》今年《ことし》

初蔵王ひと許しをり静かなり

相生の松は千年淑気《しゅくき》満つ

太古の火夢語るたび湯あふる

気動く二千一年の窯始め

女将三代のあらたまの春を寿ぐ

天翔ける橋の如くの三代の春

瀬戸の海

初山河ふるさとの海風凪ぎて

日の丸の白地真さらや初御空《はつみそら》

初笑ひ湯さざなみに移りゆく

四方の海大和まぼろし初帆あぐ

初茜《あかね》雲梯ひとつ望みのせ

竹の棒湯のれんまさら宿の春

富正月よきしらせあり神の山

新の字や西暦で生く去年今年

下駄の音ひときは高き辰の春

初明かり地球儀に在る赤き島

一志ありり空ひろがりて初蔵王

初明かり湯宿染めぬく白き朝

NHK朝ドラマ「あさが来た」に共感して

初明かり湯のれんゆらり朝がきた

時空超え人往来す春の島

かみの湯や人声こだます四方の春

春

遍路より帰りし母艶春ショール

—白塔会での句—

山笑ふ鎚音ひとつ夢ひとつ

幻の子守唄聞こゆひなの夜

春疾風おとぎの国の使者となる

風車売る街角に風のあり

ひとつ家にそれぞれの春華やぎて

はんなりと京女のごとく春一番

出羽三山一〇二代宮司林正近様が同じ山口県出身と知り感動

天の声御前におはす春旅のひと

湾岸戦争の終結を願って

痛き夢切々として春彼岸

まどろみの眠りもはるは意志のあり

ときじくの春装ふとき山はひと

皇太子妃雅子様のご成婚を祝して

春神話天女降り立ち万世継ぐ
靴に花ひらりとのせて駅近し
萩焼きに三千歳《みちとせ》の桃すくと立ち

木の芽どき大いなる意志のまま髪を切る

母二人に敬愛をこめて

桜鯛酌するしぐさははに似す

彼岸西風《にし》こころ放ちて吹かるるまま

祝福の弧を描きつつ蝶はとぶ
夢うつつはるの雪降る結びの世
帯芯をやはらかくして春衣《ごろも》

母子草いのちの水の絆受く

うつし世は夢のまにまに春深し

陽春を背に受けしままふり返る

ふるさと山口県五橋（錦帯橋）の上で

幻の花か桜か里の母

山口県ときわ公園のペリカン「カッタくん」へ思いを寄せて

ペリカンの嘴《くちばし》の先に春の夢

春時雨慈光《ひかり》八方傘のうち

春なかばわが娘は夢を打ち明けり

星《ほし》朧《おぼろ》旅《たび》人《と》の笑ひのぼる湯気

迎春花美し国あり言葉あり

彼岸明け二十四年の砂時計

国恋ふるひととなりしか春の闇

よきしらせ手品師の手に小米花《こごめばな》

春泥やひと温かしかしかと立つ

湯の町や湯の香ゆらぎて春逡巡

風信子《ヒヤシンス》をんなの視座のしなやかさ

気の張りや言の葉やさし春の宿

寒明けて爪先までもいとほしき

竹の秋達磨みてゐる女将坂

忘れじのパンドラの箱春の雁

追憶の花に染まりし春の川

神降りて羊の群れや春の山

ほろほろと母恋ひ想ふ春の蕗《ふき》

牡丹の芽星定まりぬ旅の宿

梅見月内なるひかりこぼれ降る

吉みくじ彼岸桜の枝に置く
あふる程ふるさと浸す水の春
梅の香や客人《まろうど》笑みし旅の宿

黄梅を階《きざはし》に置き眺めをり

咳ひとつよけてかざして春日傘

亡き師伊藤善市先生を偲んで

折《おり》節《ふし》の言の葉ぬくし師の御恩

天《そら》に月地に人清し青を踏む

虫愛でて草木伸びたり笑ふ山

子の家の客人となり二《に》月《がつ》尽《じん》

降《ふ》りしもの受けてあふるる春の海

春北斗憂ふべからずと友の文

地に伏して白き牛見つ春の月

春微風しなやかに立つひとがゐる

ふわふわと老いたる母や柳絮飛ぶ

春日和あらたに湯出づかみのやま

平成二十三年三月十一日　東日本大震災

花万《ばん》朶《だ》闇より深き果ての海

春の野や女神の通りし径光る

土匂ふ風の道あり窯の跡

糸桜半ば咲きては嬉しかり

竜天に登る伝説聞きし朝

産土の遠のきてあり淡き春

ときじくの見返りびとや春の雲

日うらうら母児のごとく眠りをり

喪失に耐へて萌ゆや春の園

断片の在りかもとめむ春の虹

国建つ日天より降りし物語

やさしさや日の本東は花の雨

春の風ひと在る所和らぎて

赤鬼の涙果てなむ寒き春

日本のアンデルセン、浜田広介記念館にて——山形県高畠町

ルネッサンス大和の国の花あかり

平成二十八年　東北観光復興元年宣言

水の里女児の声澄むひいなの日

大いなるものの世紀の春の雪

ひとひらの花ひと声の国訛り

亡き渡辺和子先生を偲んで

師の声やお大切にと瀬戸の春

麗月や旅人万古へ還る道

瀬戸内寂聴先生の九十五年のときの積み重ねを祝して

花に問ふ悲喜交交の世に在りて

羽生結弦さまを讃えて

春の星降りて氷上に神降りる

春の風に吹かれて

春雷や母娘の一日暮るるとき

夏

鯉はねて無絃の琴のなりやまず

紫陽花は問はず語りに陽の在りか

向日葵や一花一道天近し

夏の宵一角乱して天馬翔ぶ

浅き夏待ち人来たるの御くじひく

入梅やまな板洗ふ念入りに

風和《な》ぎて蟬時雨のみとき刻む

長男十二歳

ひと夏の勢ひ残し階上る

木下利玄の牡丹花の一首に魅せられて

牡《ぼ》丹《たん》花《か》のいのちひきつぐ我もまた

一志あり最上の流れ梅雨晴るる

天折した従妹を偲んで

天の川越えし想ひの今を生く

桜桃はお暗《ぐら》き棚で炎吐く

花菖蒲湯舟に浮かべ子らに寄す

三十九歳の誕生日

襟かへてこころの底にある白さ

七夕や夢みしひとの安息日

万緑や中心目がけて鶴がとぶ

日本航空の思い出

朱夏の戸を風惑はずに開《あ》けてゆく

四十歳の誕生日

山形新幹線開通二十周年を祝して

紅の花鉄路に満ちてひとやさし

ＮＨＫ朝ドラマ「女は度胸」に寄せて

熱帯夜愛嬌度胸の繰り返し

娘、一年前の藤娘の思い出

藤の花野球ネットの陰で咲く

出羽三山生まれかわりの旅

夏の雨黄金律の峰に降る

天人花逆らふ風に匂ひたつ

祝　若葉マークの古窯人の出発を

ひとり立つ青葉若葉に励まされ

芭蕉生誕三五〇年祭

夏めきて草木塔の影蒼《あお》し

逆光や影絵のごと紅の花

同年の向井千秋様の快挙に励まされて

真夏日や宙にむかひて見得を切る

寒河江《さがえ》の出世鯉のぼり

天平の甍《いらか》を超えて鯉泳ぐ

初めての台湾への旅

遠花火幻影すべて天に落つ

西方浄土へ

美し国西へ西へと夢飛行

透かし百合天高々と地に映えて
五月蔵王誇りかに呼ぶや凛として
何処やらに紅花咲かむ絹の道

手《て》鞠《まり》花《ばな》禅問答の呈茶かな

二十三歳の夏

桜桃忌ピエロの楚楚たる鎮魂歌

湯の町の盆踊り

夏祭り千両役者のそろひ踏み

秘してあり文箱のうへの水中花

日日に孜《し》孜《し》契りの言葉聖五月

古き里見果てぬ夢路南風《みなみ》吹く

美し国美しひとびと星祭

法師蟬ふるさと回帰の如く鳴く

母の日や赤きも白きもありがたし

アマリリス内耳に残る笛の音

行き行きて仏桑花咲く天《あめ》の下

仏桑花……ハイビスカスの花

円《まる》虹《にじ》や二千年のとき鎮めをり

コロラド州デンバーにいる長男へ

きりん草大草原の夢をみる

河越えて降る雨はなし原爆忌

半夏生《はんげしょう》合図はよきや三味《しゃみ》の音

短夜《みじかよ》の深まる思ひ子は知らず
夏は来ぬ野にも山にも湯面《ゆおも》にも
みな眠る眠りて夢見未草《ひつじぐさ》

時の日や真白き襟に白草履

万緑や日々是好日下駄の足

緋の筆や白紙を染めし夏残照

宿の場の一日《ひとひ》の重さや夏暖簾《のれん》

野に山に鈴の音清《すが》し夏に入る

五月風宙《そら》に銀鱗の忘れもの

茗荷《みようが》咲く微苦笑ひとつ消えてゆく

夏座敷祖母のすわりし場所が在る

夏野より蔵王御前《おんまえ》近づけり

夏真昼日《にち》輪《りん》の子ら独り占め

祈りと感謝をこめて　五十三歳

白足袋や浮かる足なし今日一日《ひとひ》

鉄線花六弁の白なほ白し

漆黒の闇の彼方に遠花火

頼《たの》母《も》船《ぶね》彼岸へゆくや夏の夕

五十四《コヨー》歳（古窯の年に。嫁して三十年）

ひとひとやどやのひとひ火涼し

三十年《みととせ》のとき越えて鳴く夏ひばり

鳳仙花咲く京都の寺庭で

指染めし女人は笑ふ果ての夏

山口青邨先生を偲んで

師の庭や名なき草なし夏未明《みめい》

慈《じ》悲《ひ》心《しん》鳥《ちょう》連山みどり影が飛ぶ

生まれ出づ悩みぞなきや新樹光

陽や月や一花そのまま紅の花

夏の星ピアノ弾く手にこぼれ落つ

五十六歳

真清水や源流流転この一滴

聖母月ものみな透けし風の径

おごそかに打つ水や地にしみとほる

喜雨降るやふるさとの道拓けゆく

棚田百選

国の秀《ほ》や棚田続けり夏の天

山口青邨先生へのオマージュ

さざなみの絹の風吹く師の五月

炎天の燎原の火の如く燃ゆ

五十七歳

億年の闇より出づるほたるかな

わが故郷に山形交響楽団あり

水背負ふ如くのチェリスト梅雨走る

龍の背にのるや男児の端午の日

打ち水やうねりし大地鎮めたり

五十九歳

夏帽子ふるさと遠くはるかなり

東日本大震災―福島原発事故のあとで

大南風陽に顔を向け産着干す

花咲き山にある葉山神社

夏の天花咲き山のその上に

夏野ゆく記憶の扉開くごと
万物のつながり見せしはたた神
在るやうに在る暮らしの中に初夏

老いてなほ母ひとり立つ八月尽

牡丹花の赤きはふたつ白ひとつ

手のひらの母の血動く原爆忌

笠あがる右へ左へ夏はじめ

河骨や狭窓に入りし風の在り

夏蔵王釜の真底にひかり在り

隈取りの如くの夕焼け燃ゆる日

六十二歳

さくらんぼ食せばせつな幸の国

聖母月生命の居場所輝けり

「みるく世がやゆら」（平和でしょうか）

空の果て地の果てまでも夏の声

ひとつ咲き笑ひはじけし半夏の日

田水張る一村一家歴史あり

皇后美智子様への尽きぬ感謝をこめて

良きときに良きひとに逢ふ合歓の花

六十四歳

ヒロシマの相生橋を越えし夏

幻のとうろう流る神の御手

「海の日」ハッピーマンデーの存続を願って

海の日や清らにこだます子らの声

捨て聖歩き歩きて夏の峰

聖母月白河越えしひとやさし

変はりなき暮らしの中の藍ゆかた

熊本地震からの一日も早き復興を祈る

秋

流れる雲緋《ひ》総《ぶさ》のごと菊花展

秋の陽に照らされてあり乳《ち》のみ猫

秋の湖トパーズ投げればあふるるごと

すすきより手前に揺れて女《ひと》の立つ

栗ひとつたなごころ程の重さかな

風なぎて秋桜《コスモス》の夢語りつぐ

ほの浮かぶ三面鏡に子らの秋

幻の蝶いでこよとそぞろ秋

長女十三歳

りんりんと秋物語綴りをり

たわわなる一房のぶだうときを知る

女将坂秋風孕《はら》ませ子らがゆく

赤壁の能面ほほゑむ秋の宵

ふり向けば母あり娘《こ》あり盆の月

秋桜揺れを我がものとしてひと日終ゆ

そぞろ寒こころに微熱あるほどに
照る月やわれらが夢のたえまなく
ときとめてひとり遊びの不忘柿

秋の空思ひのままに風なりに

吾《われ》亦《も》紅《こう》こくりこくりと母眠る

流星や女の碑の文字不動たり

不戦の世界平和への祈り

念ずれば月光降りぬ足裏《あうら》まで

紅き葉をゆずり葉とすいのち映ゆ

昭和五十一年十一月二十三日勤労感謝の日結婚

嫁ぐ日や秋陽七色万華鏡

秋の河一葉悠々と運びたり

ふきうるし棗《なつめ》の花に星の降る

里山保全の大切さを伝えて

里山を月山《つきやま》と呼ぶ秋の夜

母在りて恩の一文字深き秋

秋の虹パステル加へて描きたし

瀬戸内の波面《はおも》に浮かぶ母と月

折り鶴をいろとりどりに萩の宿

寺庭の南天の実に励まされ

秋の天初代の思ひに近づけり

法師蟬ふるさと回帰の如く鳴く

信州千曲川を旅して

前髪をおろして若き女《ひと》の秋

紅の笠もつ手高うして秋遍路

祈るひと柘榴《ざくろ》は固き永久《とわ》の夢

澄みさえて立ち止まるほど実《み》紫《むらさき》

牡丹植う今日この道と定まりぬ

詩《うた》ありて蔵王動かじ一位の実

幸運の神隠るほどの良夜かな

めはじきやふるさとの道母の道

北朝鮮拉致事件の一日も早い解決を願って

子らを呼ぶ木の葉の符牒神の旅

国在りて希《ねが》ふひとあり金糸草

雨あがり生まれし郷《さと》に鶴来る

花野ゆく見返れば母透きとほる

アテネオリンピックの日本の選手の大活躍を祝して

カシオペア五つの陸の天の椅子

底知れぬ四恩の恵み水澄めり

田の道に金の鈴落つ天高し

月の雨葉山の坂を黄傘《きがさ》ゆく

野路の秋草木塔の影長し

白萩や軍手あたらし土のうへ

長男夫妻　平成二十年十一月二十三日入籍

小春日や若きふたりに祝ひ文

捨て猫に帰る道あり秋夕べ

亡き伊藤善市先生ご恵与の御著を読む

師の引きし朱の線読めり秋半ば

ニューヨークへの旅

故郷《ふるさと》や機上の旅のぬくめ酒

母の背の小さき手伸ぶ露の玉

山田の中の一本足の案山子と祖母との思い出

秋思ありとどめおきたきことのあり

イザベラの立ちし小丘に紫苑咲く

イザベラ・バード……明治十一年に東北（山形）を旅した英国の女性旅行家。『日本奥地紀行』

平成二十二年十月つや姫全国デビュー

つや姫や眩しき程の今年米

秋の声御仏の声静かなり

とも生きの民住む家や夜々の月

小春日や祖母の衣を羽織りたり

月読みのひかりを浴びて眠りたり
地にいのち帰天の月を見上げたり
水澄めり掬ふ手のひら透けてゆく

湯の町の露地ひらけたり豊の秋

月の雨ひとつこころの置き所

ダルクのごと変はらぬ女の秋の天

やまがた女将会でつや姫稲刈り

稲刈れば祖母の背親し熱もてり

午後の御茶一碗一香月の雨

音のなき世界に咲くや菊一輪

寿ぎの宴の主や菊の酒

大いなるときの実りや月の舟

色の無き風吹く野田にひとり立つ

柿花火悲恩の母のいのちなり

追憶の籠にあふるるもつて菊

秋の天夕焼け雲に龍がゐる

湯の町や光の景となりし秋

鈴の風遍路姿の母が在る

星の井や秋深まりて見ゆるもの

冬

ひと見るも見ざるもよし我咲くなり

雪うさぎときのしらせに和らぎて

三十六歳　辰年の十二月

変はりつつ変はらぬ芯あり年女

師走風ゆきかふ人みなエトランゼ

寒椿一輪一座やはらぎて

不惑の年を前にして三十代最後の十二月

わくわくと思ひ定めし年の暮

年忘れ上手に忘れて夢一刻

年の瀬や巡る酒盃の程のよさ

屋根の雪新しきひかり満ち満ちて

冬羽織ほか羽織りたきもの何もなし

旅は他火凍《いて》夜《よ》暗夜を輝かす

花笠を振りし笑顔に雪光る

冬日向子《ふゆひなた》猫一刻虎めきて

神渡し円舞曲《ワルツ》流るる坂の上

神渡し……陰暦十月に吹く西風

極月や一九九九年ひとつ星
冬うらら鎮守の杜の鈴が鳴る
星ひとつきらら二千年のことをさめ

窯の火や木の葉雨降るかみのやま

北朝鮮拉致事件の解決を願って
片折戸開けて北へと冬の蝶

冬田道辿れば遠し鳥が啼く

冬晴や葉山の坂に長き帯

土地言葉豊かに雪の降る大河

冬北斗名も無きものの手にひかり

天《あめ》よりの雪白うして紅き梅

十二月　奈良春日大社

御《おん》祭《まつり》ひと集ふ場にひかり満つ

魂の飾るものなし冬木立

冬安吾《ふゆあんご》千のこころの合掌《おろが》む手

祖父の背を仰ぎみし子の神楽月

窯の火や宿の灯点す冬の月

映画「おくりびと」（Departures）上山ロケに感激して

赤き橋ひと渡りをり神の留守

山形に多くある草木塔

冬に入る生々流転ここに在り

後《のち》の月瀬戸のさざ波我に寄す

後の月……旧暦九月十三夜の月

年流る坂上の雲不動たり

冬茜明日といふ字に朱をいれる

時を越え雪後の天に音消ゆる

雪輪ありわが袖すそに野の川に

亡き東北芸術工科大学理事長、徳山詳直様を偲んで

京の風出羽より隠岐へ神の旅

出雲路や良縁感謝年の暮

湯の町や旅人迎ゆ冬日和

らくやきの画廊のあかり年深し

冬の陽や一灯掲げとき重ぬ

年暮るるあの世この世も父母の恩
冬もみじ蒔絵手箱の重みかな

短歌

野の花のひとつひとつに宿る声聞きし旅人ごえんのうれし

歌人俵万智様のまねをして

おつかさんと口をそろへて呼ぶ兄妹わたすのわらしと言ひ返す我

お名取りの許し得て笑むわが娘照葉かざして夢を舞ふ日も

全国旅館女将サミットに参加して

それぞれの想ひ極めれば華が咲く百華百陽百苦楽あり

加藤農園様生産の月光プラムに感動して

月光《げっこう》と名のつきしプラムひそやかにピアノの上に置きて眠る女《ひと》

九十三歳の郷里山口の祖母に感謝して小さき頃の夏の想い出

寝入るまでうちはあふぎし祖母の手は老いの疲れを蚊帳《かや》の外へ置く

彼岸花もんどり打つてもほしき夢やさしく強くと祖母は念じつつ

平成五年　主人社長就任の年に

夢語るひとそばに居てあらまほしき佳きことのみ思い描けり

佳きひとは佳しと何度も繰り返す雪国の女《ひと》は冬の踊り子

瀬戸内の朝凪《なぎ》夕凪思ふとき蔵王真向《まつこう》雲押しとどむ

言《こと》問はば異国のひとも我もなし下駄音高く夢の通ひ路

詩

葉月　葉隠れ　さくらんぼ
天の恵みの　赤き実一粒　一粒に　輝く命
みどり葉の一筋　一筋に　流れる命
故郷瀬戸の海に　浮かびつつ
みすえた太陽の　赤き炎の一点は　さくらんぼ
波のまにまに　みえ隠れした　さくらんぼ
桜桃の命の豊かさに　心魅せられて
幼き日の予兆のごとく　私は山形へ旅立ったのだと……

Ⅳ

良縁感謝

恩師との出逢い

伊藤善市先生のこと

父のような師

ひと雨ごと、ひと風ごと、秋が深まる霊峰蔵王のふもと上山での暮らしも早二十八年。人生は出逢いの旅。良き師に巡りあえた私は幸福者としみじみ思う。佐川様から一枚の写真が届いた。伊藤先生の還暦の祝宴での懐かしき写真。眺めているうちに様々なことがつい昨日の出来事のように思い出される。

昭和六十二年、県の第七次総合開発審議会の委員に選ばれ、どうしてこの私がと不思議に思いながら、会合に出席すると、審議会長は伊藤善市先生。開口一番先生は、「僕は県の人に、元気な若い女性を審議会のメンバーに入れろと言っただけだよ」とにっこり笑っておっしゃった。私は身のひきしまるような緊張感と共に、師のご期待にお応えできるよう努力向上しなければと心に誓った。観光専門部会は女性一人で、部会長は今は亡き山形ナショナルの清野源太郎様（現・山形パナソニック会長、山形商工会議所会頭清野伸昭様の父上様）。清野様は、毎回必ず私を指名され、マイクが回ってくる度、私は恥じ入る思いの中で、小さな度胸を定め、山形の観光への想い、将来の夢を語り続けた。

よそ者で山形のことをよくも分りもしないのに、先輩の女将たちをさしおいて、あれこれと発言するのは生意気だ、女将は黙ってお酌でもしておればよい、古窯の若女将は一言多いなどとお叱りを受けたのもこの頃だった。銀座店出店のため、上京した初代女将の留守を預る形で二代目女将を名乗り、宿に出始めた私にとっては、辛い思いもしたが、また多くのことを日々学ばせていただいたありがたき時期でもあった。

山形の女将さんたちは皆親切で、私は心から先輩の女将さんたちを尊敬し、折あるごとにご一緒させていただき、研修にも同道した。県の経営者協会の集りで、伊藤先生の講演をお聞きした。深い見識と体験に裏打ちされた情熱あふれるお話だった。天童温泉の女将たちと会議室からエレベーターまで、お帰りになる伊藤先生を追ってお見送りした折、伊藤先生は、エレベーターが閉じる直前まで、右手、左手を交互にあげられ、「天童がんばれ！　上山がんばれ！　天童がんばれ！」と声をかけて下さった。扉が閉まり、先生のお姿が見えなくなると同時に、涙がこみあげてきた。天童の女将さんの、「すてきな先生ね。

よしゑさん、お幸せね」という声を聞きながら、私は心が救われ、洗われたような清清しい気持ちの中で「切磋琢磨」の大切さを思い、師の心からの励ましに、感謝し、奮起した。観光へのロマンに満ちた夢を語りながら、発言したことを、私なりに宿の場で実行し始めた。一日一日の積み重ねこそ夢の実現の第一歩と信じて疑わなかった。夢の実現に惜しみなく力を貸してくれ、非力な私を信じてついて来てくれる社員たちの困った時の問題解決を、職場でしてあげることを最優先させ、心通わせていった。

「知恵出せ。欲出せ。元気出せ。エンドレスのがんばりを」と書き送って下さった伊藤先生の葉書を机上に置いて、座右の銘とした。師の教えを忠実に実行しているうち、否定的な言葉、考え方を持たなくなった。「何とかしてみよう。必ずできる。とにかくやってみる」というように、できる方法を常に考え実行する習慣が身についた。

ある年のJTB（日本交通公社）の新春講演会のパーティ会場で、役員の皆様の前で「この子は、いい子だよ。古窯のことよろしく頼みます」とおっしゃられた時、私は四十路を越えていた。四十歳を過ぎた私のことを、この子と言って下さるのは、私の実母しかいないのである。父との縁が薄かった私にとって父のような師でもあった。夜遅くまでお酒を楽しまれ、義父と肩を組んで館内を歩いてゆかれる後ろ姿を、神様からの贈り物と、神々しい思いで見守っていたことが、今更ながら、嬉しくありがたく思い出される。

「一善会（山形大学助教授時代の教え子の会）」の集まりが、私どもで開催された時、宴会場の看板が「一膳会」となっていた。私は汗顔の思いで、最終点検しなかった非礼をお詫びした。伊藤先生はいつもの笑顔で、「皆で楽しくお膳を囲む会だから、これでいいんだよ」とおっしゃった。そして「あまり神経を使わないように、少しやせたのではないか？　何といっても、体の健康が一番だよ」と優しいねぎらいの言葉をかけて下さった。「善に月（にくづき）がついて、わが身に肉つかず、困ったものです」と言いかけて、私は言葉を飲みこんだ。心の中でじわじわと笑いがこみあげ、良き師との巡りあいに感謝して、終生、良き弟子であろうと心中深く、思いを新たに決意した。

茗荷咲く微苦笑ひとつ消えてゆく

の拙句は、この時浮かんだ句である。

いつもニコニコ笑顔をたやさず、師の傍らに寄り添っておられる奥様が、縁あって主人に嫁したる者としての私のお手本である。

伊藤先生ご夫妻様のおすこやかなる日々の実りを、かみのやまより念じております。

（伊藤善市先生傘寿記念「一善会会誌」平成十六年十二月）

草木國土
悉皆成仏
平成十二年二月
伊藤善市

忘れ得ぬ言葉

天与と思えるようになった宿の場で、折々にお励まし、お教えいただきましたことを、深い感謝と共に心に刻んでいる。いまだ収まりつかない悲しみ、募る淋しさの中で、先生ご夫妻様からお与えいただいた尊い御恩に、お報いしたいとの思いが満ちてくる。

言葉には言霊が宿っている。良い言葉は、良いことを引き寄せ、悪しき言葉は、悪しきことを呼び寄せるということを、伊藤先生から私は、問わず語りに学ばせていただいた。一度として、伊藤先生から、他人を謗るような言葉を聞いたことがない。わが身の至らぬこととはいえ、いわれなき中傷、誤解の声に心が沈み、口惜しく思われることもあったとき、その思いを見透かしたかのように機先を制して、「君、よくがんばっているね。君は人のことを悪く思わないからいいね。今日は実に愉快だな」と満面の笑顔でおっしゃるのである。「君は明るくていいね。ご主人も実にいい。ご家族もいい人ばかりでよかったね。古窯の宿は豊かでいいね」と。伊藤先生の心からのお励ましの優しき言葉をお聞きするうちに、泣いたカラスの如く、心から笑みが浮かび、悪しき思いが不思議に消えてゆくのである。

二月六日の朝、突然の奥様の英子様の訃報に接し、入院しておられる伊藤先生のことが案じられた。おとりこみの最中とて、お逢い叶わずとも病室の前で、せめて祈るだけでも気持ちが通じるとの思い一念、上京した。つき添っておられた次女の潤子様が、私の意を察していただき、そっと病室に招き入れて下さった。「先生。」と声をかけたあと涙で言葉が発せずにいた私の目をじっとみつめて、先生は、「君にはいいことが起きるよ」とおっしゃった。

（地域経済研究会『伊藤善市先生を偲ぶ』平成二十年四月）

渡辺和子先生のこと

〝まま母〟の愛

平成二十八年十二月三十日に、八十九歳のすばらしい生涯を終えられた学校法人ノートルダム清心学園理事長渡辺和子先生。小学三年生の時、二・二六事件で、目の前で父である陸軍教育総監渡辺錠太郎が殺害されるという壮絶な経験をなされた恩師の人生に思いを至す時、信仰を貫く力の偉大さを思うと共に、先生は戦いを続けてこられた勇士と思う。『置かれた場所で咲きなさい』というエッセイ集が、ベスト・セラーになった年、山形市内の幼稚園での講演のために来県され、私どもにお泊まり下さった。ご自身の心の病のことなども率直にお話し下され、体験に裏打ちされたお話は、深い共感、感動を、聞く者全てに与えた。楽焼に「置かれたところで咲く」とお書きいただいた。「『置かれた場所で咲きなさい』という本のタイトルは、出版社がつけたものです。私はどなた様にも「咲きなさい」などと命令するような気持ちはありません」ときっぱりとおっしゃった。私は感動し、折あるごとに、先生の楽焼のお話を皆様にお伝えしなければと思った。先生は九歳、私は六歳の時から女手一つで育てられたという境遇も似ており、母娘関係も共通するところがあり、お互いの身の上話で話が弾んだ。子を思う母の心に勝るものはなく、母の愛から逃げ出したくなり、先生はアメリカへ、そして私は山形へと笑いあった。

山形の季節の実りを、お届けすると、シスターたちと一緒に楽しみにいただきますとすぐに礼状が届く。書き出しは、「瀬戸内の温暖な地から、東北の厳しい環境に植えられ、そこで美しい花を咲かせて下さっている〝娘〟を誇りに思います」とか「置かれた場で、嵐の中でもご自分の花を咲かせていて下さる上山の〝娘〟を心から誇りに思っております」などと、私の心をいつも慈愛で朗らかにして下さった。先生は全ての清心生、卒業生をご自身の娘のように思われていた。実母と主人の母、二人の母に支えられ女将の日々があることをありがたく思っているとお話しした後、先生からのお手紙の差し出し人に、岡山の〝まま母〟よりと記されていた。

ユーモアあふれる先生のお気持ちに接し、私は上山の愚娘と記し、桜桃の掉尾を飾る大将錦を女将錦とお思い下さって、皆様でご笑味をと先生の元へお届けした。すぐに先生から礼状が届いた。「上山から今年最後の立派な女将錦をお送り下さいまして、本当にありがとうございました。大粒で甘くおいしく、〝まま母〟への愛がいっぱいの桜桃。お祈りで感謝しております」と。私は、時々、天国の先生へ手紙を書きたくなる。

（平成三十年四月）

和子先生を偲んで

大いなるものの働き常にありて、万物の命生じ再生する弥生。うぐいすのこゑして、咲き初む里山の紅梅そして真白き梅の花。季の百花をもとめて、神の御庭に集う春装の人々。千の春浅き候、おすこやかであられますように。

師の声やお大切にと瀬戸の春

季春　祈りと感謝をこめて

（「古窯かわら版」平成二十九年三月）

置かれたところで咲く
渡辺和子

黒田杏子さんのこと

「白塔会」の頃

東京女子大学を象徴するチャペルの白塔の名を冠した「白塔会」という俳句研究会で、初めて黒田杏子さんにお逢いした。東京大学で教鞭を執りながら「夏草」を主宰されていた工学博士の山口青邨先生が指導して下されていた「白塔会」に、在校生の時から杏子さんは熱心に参加なされ、博報堂に就職してからもＯＧとして句会に顔を出されていた。「白塔会」では、当季雑詠五句の投句が決められており、句座は青邨先生のお人柄そのものの、和やかで温かく笑いもたえなかった。先生を囲んでの空也もなかや小ざさの羊羹でのお茶の時間は至福のときでもあった。先生の句が選ばれると「青邨」と語尾があがる懐かしきお声が今も耳に残っている。杏子さんの句は青邨先生の特選句によく選ばれておられた。他にOGの方も参加されていたが、今にかわらぬおかっぱ頭のお姿と共に、杏子さんの存在は際立っていた。時代の最先端をゆく広告の仕事をしながら、五七五の世界に身を置き、言葉を紡いでおられるその姿に感銘を受け、私も十七文字の世界へと凝縮できるような、日常の「或るとき」を、誠実に重ねてゆきたきものと思った。

学生時代の出逢いを育み、一年の日本航空の勤務を経て、旅館の長男に嫁いだ。年子を産み、子育ての傍ら、義母について、女将修業を始めた私は、慣れない日々の仕事に追われ、俳句のことは忘れていた。二代目女将として本格的に宿に出始めた頃、現代俳句女流賞、俳人協会新人賞受賞の黒田杏子さんの第一句集『木の椅子』が届いた。あの杏子さんが句作を続け、研鑽を積まれ、いよいよ俳人として世に出られたのだと嬉しくなった。私のことを心に留めて下さり、句集を送って下さったお気持ちに感激し、「白塔会」でのご縁を大切に、私も宿の場での女将の業の中で、句作を続けてゆこうと思った。

仕事柄、毎日多くの郵便物が届く。杏子さんのすてきな御字は肉筆の迫力に満ちている。封書に美しくちりばめられたように貼られてある切手一枚一枚に熱き思いのメッセージが込められている。丁寧に封印されてある手紙を開くと、季節の香りが文面から匂い立つ。まさに「芳翰」のお手本である。五・七・五の世界への水先案内人の如くの杏子さんからの手紙を私は文箱に大切に保管し、折々の俳句と共に学ばせていただいている。「藍生」

を主宰されている杏子さんがお仲間と、私どもにお泊まりになり、句会を開かれた。お誘いを受け、私も久しぶりに句会に参加し、俳句の奥深さ、楽しさを、存分に感受し、豊かなひとときに心が浄化されるようであった。御前の童女の如くの杏子さんは、楽焼に「句の縁山口青邨門下生」と書いて下さった。

（平成二十年四月）

杏子さんへ

忘れじの峰々のふもとの里に草木いや生《お》い、鳥たちのさえずり高らかに四方にこだまし、百花咲きて四月来る。

歳月を経て集いし句座の豊かなるひととき。慈悲に満ちた言の葉が、やさしく強くそして深く心に届く。今ここにある思いが全てと静かに諭すひとの座わりし椅子に、希望の陽がさす春ひと日のこと。

降《ふ》りしもの受けてあふるる春の海

（「古窯かわら版」平成二十一年四月）

句の縁
山口青邨
くろだももこ

瀬戸内寂聴先生のこと

あこがれの人

子供の頃から本が大好きで、食事をするのも忘れるほど、夢中で本を読み続け、よく鼻血を出していた私を祖母は心配して「根を詰めないで、休み休み読みなさい」と言い、本をとりあげた。私が鼻血を出す度、首の後をとんとんと叩いてくれ、腕の中に抱きかかえて、優しく額をなでてくれた。鼻栓をして血が乾くのを待って、また本に向かう私を、祖母はあきれたというような顔をしていたが、本好きは祖母譲りなのだ。

本棚にあった『美は乱調にあり』という題名に心ひかれ、背のびして読んだのが、当時は瀬戸内晴美様、私の人生を導いて下さった瀬戸内寂聴様との出逢いでした。青踏社を動かし、大杉栄と共に甘粕事件で殺された伊藤野枝の波乱に満ちた人生。それが実在の人物と分った時の小説の面白さ。事実と真実の間にある摩訶不思議な人間の心の闇を照らし出すような筆の力に魅せられた。瀬戸内先生のことを知り、あこがれ、母の反対を押しきって、先生と同じ大学に進学した。進学で上京していなかったら、学生時代に人生の伴侶となった主人との縁もなく、女将の業に身を置くこともなかった。『美は乱調にあり』という一冊の小説との出逢いが私の人生を決めた。

「見るべきものは見つ」とおっしゃって、五十一歳で出家なされた瀬戸内先生の凛とした気品あふれる美しき僧侶のお姿を、二十一歳の私は驚きながら仰ぎ見ていた。

小説というものにつかまれてしまった瀬戸内先生の覚悟のほどが察せられ、天命を知るが如く、大いなるものに、先生は潔く身を委ねられたのだと思った。同時に、三十年後の五十一歳の私はどのような人生を送っているのだろうかと、晩秋の夕陽に染まる学び舎のチャペルの白塔を見あげた日のことが、昨日のことのように思い出された。

二〇〇二年の師走の雪のしんしんと降る夜、わが宿の料亭の一室で、原稿を書き終えられた先生と二人でお酒をいただいた。八十歳の先生と五十歳の私の宴。女将の立場を忘れ、一ファン、一読者としての私の質問に、先生は即座にそして丁寧に答えて下さった。先生は時折、窓外に目をやり、降る雪をじっと見ておられた。余りに長く話し込み深夜になり、先生のお疲れを思い、書いていただきたいと言い出せずにいた楽焼のことは、思い出だけで充分と思った瞬間、先生は、「お皿持っていらっしゃい。何枚でも書いてさしあげるか

切に生きる

ら」と言って下さった。「切に生きる」「人生は甘美なものである」。楽焼画廊に飾られた先生の楽焼は、多くの方へ愛と生きる力を与え続けている。

去年の暮、美人秘書の瀬尾まなほ様と二人でお越しいただいた。山形空港までお迎えに行った私に、開口一番、「あなた、本を出しなさい。あなたのために書いてあげるから」とおっしゃった。思いもかけない言葉に驚いていると、そばから、まなほ様が、「女将さん、私、証人になるから」と言って下さった。お二人の優しさに、恩賜の如くの巡りあい、四十二年間の女将の日々への神様からのありがたき贈りものと思った。

（平成三十年四月）

二枚の写真

一つの言葉、一行のセリフ、一枚の写真が心底勇気を与えてくれることがある。平成八年の秋の夕刻、私へと二枚の写真を置き、名も告げず立ち去った人。敬愛する瀬戸内寂聴先生の「日にち薬よ」との声が聞こえた。私は心あらたに与えられた女将の生業の場で明るく顔で笑って歩を進めようと心に誓った。祈りに似た熱き思いが心を満たしてくれた。

人生忘れ得ぬ写真となった。（この写真〔左ページ参照〕を届けて下さった御方を二十年間探しております）

（「古窯かわら版」平成二十九年一月）

寂聴先生へ

真白な霊峰蔵王とさしむかいて、昇る陽を眺めている。言霊の幸ふこの国に在りて自らを信じ言の葉の力を頼みとして世に問い続けてこられた御前の真に善き美しき人。師の命、いよよ華やぎて光の春を呼ぶ。今ひとときわの年のはじめの朝陽ありがたく仰ぎ見る。

花に問ふ悲喜交交の世に在りて

（「古窯かわら版」平成三十年二月）

かつて京の都と山形を結んだ県花紅花を持ち、喜々として寂聴先生に逢いに行き、ご著書に「瀬」とお書きいただいた後、夢中でお話をしている私たちに閃光。にっこり笑ってもう一枚。忘れ得ぬ「山寺風雅の国」での写真（平成七年）

ここに人あり

句友佐藤洋詩恵さんへの手紙

黒田杏子

洋詩恵さん、
びっくりです。感動しました。

山口青邨というすばらしい文人科学者、どれだけ讃えても讃え尽くすことは出来ない俳人に私達は東京女子大俳句研究会「白塔会」という句座で数年間ご一緒に学びました。

私は洋詩恵さんより十四歳年長です。

その計算は私達の共通の大先輩、東京女子大同窓生の瀬戸内寂聴さんとのそれぞれの年齢差を見ればすぐわかります。

洋詩恵さんは寂聴さんより三十歳お若い。

私は先生より十六歳下。

ともかく、私はこの十六歳年長の先達の女性にこれまでどれほどご恩を頂いてきたことか。ご恩を返しきることは到底不可能という見通しですが、可能な限り頑張りたいと心にきめています。

最初の言葉に戻ります。

齋藤愼爾さんから届けられたゲラ。二三五頁にも及ぶ貴女の原稿を私ははじめからつぶさに眼を通してゆきました。

どの章もそれぞれに読ませます。

それは貴女のすべて実践の上に立つ文章なのですから当然といえば当然ですが、ともかく、洋詩恵さんの人生に対する真摯な態度、志の高さ、純粋すぎるほどの行動力が読む者の魂をゆさぶるからでしょう。

「俳句」の章はとりわけじっくり味読しました。忘れることの無い「白塔句会」での御句に再会してなつかしさと同時に句縁というものの永遠性にあらためて感激しました。

しかし、私が衝撃を受けたのは二三〇頁。

瀬戸内さんのことを書いた「あこがれの人」、この文章です。引用します。子供の頃から本が大好き、それは祖母譲りなのだとあって、

本棚にあった『美は乱調にあり』という題名に心ひかれ、背のびして読んだのが、

当時は瀬戸内晴美様、私の人生を導いて下さった瀬戸内寂聴様との出逢いでした。青踏社を動かし、大杉栄と共に甘粕事件で殺された伊藤野枝の波乱に満ちた人生。それが実在の人物と分った時の小説の面白さ。事実と真実の間にある摩訶不思議な人間の心の闇を照らし出すような筆の力に魅せられた。瀬戸内先生のことを知り、あこがれ、母の反対を押しきって、先生と同じ大学に進学した。進学で上京していなかったら、学生時代に人生の伴侶となった主人との縁もなく、女将の業に身を置くこともなかった。『美は乱調にあり』という一冊の小説との出逢いが私の人生を決めた。

「見るべきものは見つ」とおっしゃって、五十一歳で出家なされた瀬戸内先生の凛とした気品あふれる美しい僧侶のお姿を、二十一歳の私は驚きながら仰ぎ見ていた。

小説というものにつかまれてしまった瀬戸内先生の覚悟のほどが察せられ、天命を知るが如く、大いなるものに、先生は潔く身を委ねられたのだと思った。同時に、三十年後の五十一歳の私はどのような人生を送っているのだろうかと、晩秋の夕陽に染まる学び舎のチャペルの白塔を見あげた日のことが、昨日のことのように思い出された。

長い引用になってしまいましたが、ここに日本の宿「古窯」の女将として、謙虚にひたむきに、かつ誇り高く生きてこられた佐藤洋詩恵の真骨頂が示されていると思います。

白塔の句座で出逢った洋詩恵さんは、お世辞でなく、花のようにあでやかで美しく、凛としたたたずまいの女子学生。私は広告会社博報堂の女性社員で、生涯の表現手段と決めた句作の道にひたすら打ち込むばかりの常に時間に追われていた共かせぎの三十代。

おそらくこの人は裕福な広島の家庭のお嬢さん。それにしてもなんと美人でマナーの良い学生さんとばかり思っておりました。

卒業後、日本航空ＪＡＬのステュワーデスになられ、そののち、上山の湯宿に嫁がれたと知り、私は勝手にその宿の後を継ぐ男性が機内であまりに美しい一人のステュワーデスに眼を奪われ、この女性をとあこがれ見込んで、結婚にこぎつけた。そして、貴女は名宿の嫁として、女将修行に明け暮れているのだと勝手に思い込んでおりました。すべて「誤認」でした。

学生時代から、つまり「白塔会」の時からこの人の筆蹟は際立って個性的、独特のスタイルであったことはよく覚えています。当時はみな手書き。句会では投句の短冊に文字を記しますし、清記用紙に清記します。私も筆圧の強い人間ですが、洋詩恵さんの文字は誰も真似ることは出来ません。大きく強くくっきりと、一度見たら忘れられない書体。

その能力をこの人は女将さんとして十全に生かしておられます。「暮しの手帖」の花森安治氏のレタリングにも匹敵する個性ある文字をこの人は易々と書かれます。

「古窯」さんはまととない女性を迎えられたのですが、その人格・識見・文才に加えて、このお嫁さんのまたとない筆蹟・レタリングを獲得されたことは財産でした。広告会社に定年まで身を置いておりました私が申し上げるのですから間違いはありません。

ともかく、私はこの人と句座を共にし、すばらしい師、山口青邨先生に学ぶことの出来たラッキーな句友の一人です。

何年か前、私は結社「藍生」のみちのくの句友たちと打ち揃って「古窯」に泊り、句会を愉しみました。男性陣は皆洋詩恵女将のお酌にうっとり。「先生、来年も必ずまたここに来ましょうよ」と。

私はあの物静かで美人の女子学生が独特のヘアスタイルで上質の女将さんらしい着物姿で眼の前に現れるたびに、目眩がしました。

寂聴先生がみちのく天台寺に晋山、長年に亘って、ご住職をつとめられることが無かったならば、上山の「古窯」に泊まられることも無かったかもしれません。ご縁ですね。

私は天台寺での晋山式、任期満了の式典、両方に参上しております。

この五月十五日に満九十六歳を迎えられる先生に私は祝句を二句お贈りしました。

祭来る法臘《ほうろう》いよよ四十五　　杏子
白牡丹頭脳明晰にて在《いま》す　　杏子

この祭は葵祭。法臘は得度以後の年齢。五十一歳で髪を下ろされてのち、四十五年。朝日賞受賞と同時に、第一句集『ひとり』で、第六回星野立子賞を受けられ、作家・僧侶・思想家・社会運動家の肩書に加え、俳人の二文字も輝くことになられたわれらが瀬戸内寂聴さん。

ことし、星野立子さんはご存命なら百十五歳。寂聴さん九十六歳、洋詩恵さん六十六歳、私は八十歳となります。

この四人が揃って東京女子大同窓生。なんとその母校は奇しくも本年創立百周年。

Service & Sacrifice

校章のSSマークは「犠牲」と「奉仕」。この精神を、洋詩恵さん、あなたは誰よりも心に深く刻まれ、今日まで生きてこられた女性であることが、このたびのご本に具体的に示されております。見事な半生です。

私は心より敬意と祝意を捧げます。

寂聴さんも貴女もこのたび小誌「藍生」の会員、正式メンバーになられました。

寂聴先生には寄贈を、貴女にも折々に雑誌をお届けしてきておりましたが、お二人とものこのち、俳句作者としてあらたにスタートを切られる。そのためにと会員登録をなさいました。ちなみに年会費（全員平等）は二万円ですが、十万円を振りこまれた寂聴先生は五年分。百寿を超えられます。

洋詩恵さん、このたびのご本、まことにまことにご立派です。

こののちも名旅館の女将として、文人として、何より「白塔会」出身の俳人としての飛躍とご活躍を心から期待しております。

この大冊に文章を寄せる機会を与えて下さったことに感謝して、筆を擱きます。

二〇一八年五月十五日

黒田杏子

結び

言霊の幸ふ五穀豊穣を祈る豊葦原の瑞穂の国に生を享けたことのありがたさ。年の暮、瀬戸内寂聴先生から本の出版を勧められた。義父の一周忌を終え、一月十五日義父の命日の朝、寂聴先生の句集『ひとり』を手に、その発行元である深夜叢書社の、一度だけお逢いしたことのある齋藤愼爾さんに電話した。本を出版したいと思った事の次第を一方的に話した。『ひとり』の初版発行日が寂聴先生の誕生日であったので、私も六十六歳になる六月一日を初版発行日にしたい旨を伝えた。齋藤さんは静かな口調で、「急ぎましょう」と、私の突然の申し出を快諾して下さった。装丁の髙林昭太さんの助力も得て、私にとって初めての本づくりがスタートした。

長寿番組「世界ふしぎ発見」でお馴染みの草野仁様は、常々私どもの応援団とおっしゃって下さっている。社員たちをお励まし下され、「かわら版」の発行継続をおほめ下され、長きにわたって恵美子奥様と共に、お見守り、お導きをいただいている。恵美子奥様にはつや姫デビューの年、つや姫の応援メッセージを山形新聞にお寄せいただいた。草野様は時に俳句の感想なども伝えて下さる。写実の句の大切さ。臨場感を共有できることのすばらしさ。五・七・五の十七文字に込める思いの言葉。季語を選ぶセンスを磨き続けること。二十四節気七十二候あるといわれている自然と共に生きている私たち日本人の日々の暮らしの一瞬を切りとり、体験から出てくる言葉。まだつかみきれていない言葉を探し出し、融合させてゆく過程が、句作の楽しさ、俳句の醍醐味であると。草野様の句評から多くのことを学び、気づかせていただいている。

顧みれば、十四歳の時からあこがれ続けていた瀬戸内寂聴先生。俳句研究会「白塔会」に属し、東京女子大学のキャンパスで、山口青邨師に共に学んだ黒田杏子さん。奇しくも同窓のご縁の敬愛するお二人から思いもかけない望外の贈り物をいただいた。寂聴先生からは、無常のこの世で五十一年の時を経ての身に余るありがたき帯文。杏子さんからは、いわば四十八年間分の、時翔ける如くの珠玉の激励のお手紙。

帯文に引用してくださった「帯芯をやはらくして春衣」は女将の業に身を置き心の丈を少しずつ伸ばしているという人としてのひそかな矜持を句にした私の最も好きな句。グローバルな時代を迎え、めまぐるしい時の流れの中で、「伝統を現代に」を合言葉に、大いなる変革を恐れず、勇気を持って前進して参ります。最愛のひとが恵与してくれた、地方の温泉宿の女将として、寛容の心を育み、明るい忍耐をわがものとして、時を重ねて参ります。観光は平和産業。不戦の世界平和を希求する愛の人に辿りつけますよう、湯の町かみのやまの一隅を照らし、努力向上して参りますことをお誓い申しあげ、結びの言葉とさせていただきます。過去、現在、そして未来にわたる有縁の全ての皆様に、万感の思いをもって、伏して感謝御礼申しあげます。

水無月の天に有情の雲流る

平成三十年六月一日　満ちて六十六歳の佳き日に

佐藤洋詩恵　さとう・よしゑ

一九五二（昭和二十七）年六月一日、山口県生まれ。本名美恵《よしえ》。十歳の時広島に移り広島ノートルダム清心中、高校を経て、昭和四十六年東京女子大学文理学部日本文学科入学。昭和五十年十月、日本航空に入社。一年間同社に在勤中、地上職勤務を経て五ヶ月間の国際乗務を経験。一九七六（昭和五十一）年十一月二十三日、「日本の宿古窯」創業者、故佐藤信二氏長男、佐藤信幸氏と結婚。昭和六十年六月より「古窯かわら版」（社内報兼広報紙）を発行し現在に至っている。二〇〇三（平成十五）年、全国旅館女将サミット第十四代委員長をつとめる。二〇〇〇（平成十二）年〜二〇一四（平成二十六）年、山形女将会会長。

古窯曼陀羅　こようまんだら

二〇一八年六月一日　初版第一刷発行

著　者　佐藤洋詩恵

発行者　齋藤愼爾

発行所　深夜叢書社

郵便番号一三四—〇〇八七

東京都江戸川区清新町一—一—三四—六〇一

info@shinyasosho.com

印刷・製本　株式会社東京印書館

ISBN978-4-88032-446-3 C0095